Yvonne Lacina-Blaha

Einmal Nizza und zurück

Roman

OMNINO.

Impressum

Bibliografische Informationen der Deutschen Nationalbibliothek
Die Deutsche Nationalbibliothek verzeichnet diese Publikation in der
Deutschen Nationalbibliografie; detaillierte bibliografische Daten
sind im Internet über
http://dnb.d-nb.de abrufbar.

ISBN: 978-3-95894-237-0 (Print) // 978-3-95894-238-7 (Print)

© Copyright: Omnino Verlag, Berlin / 2022

Cover: Shutterstock.com/alaver, 1129584416

Inhalt

Einmal Nizza und zurück   3

Rock'n Roll ist mein Leben   7

Sexy Klopapier   15

Ich kann auch Dramaqueen   21

Vielleicht doch New York?   29

Allein Duschen ist mein Hobby   37

Zwei grüne Tassen mit Flamingo   45

Sowas von fix eine Nanny   51

Klassiker mit einem Hauch Risiko   57

High Heels mit Zahnpasta   63

Suppen-Kochtopf Deluxe   69

99,9 Prozent Crazy Chicken   75

Ein Prinz mit weißen Zähnen   81

Ein Rausch mit allem Drum und Dran   89

Zufalls-Glück oder so ähnlich   99

Ich sage nur Karotte   107

Plan B in Nizza   113

Dinner mit Fantasiefreunden   121

Rastlos und Ratlos   131

Leichtsinnig, aber beeindruckend   141

Mach's gut, mein lieber Krater!   157

Luise la francaise   163

Sunnyboy im Slim Fit-Anzug   171

Mehr Output bei der Zahnpasta   183

Luise reloaded   191

Einmal Nizza und zurück   201

Rock'n Roll ist mein Leben

Es läutet an der Tür, was ich wirklich nicht verstehe, denn es ist fast Mitternacht. Ich werde 45 Jahre alt, das ist doch ein Alter, wo man um diese Zeit keinen Besuch empfängt. Ich stehe auf und ziehe meinen Rock ein Stück hinunter, ein zweites Mal höre ich diesen schrillen Klingelton. Eigentlich wollte ich dieses Ding schon immer mal auswechseln, aber ich befürchte, das ist Punkt 1675 auf meiner Liste, der matcht sich irgendwie mit dem neuen Duschkopf. Ich öffne die Tür, ein Polizeibeamter steht vor mir. „Jemand hat angerufen, die Musik ist zu laut. Könnten Sie sie bitte leiser stellen." Ich fühle mich wieder schlagartig wie in meinen Zwanzigern, ich liebe diesen Gedanken, dass das mit meinen 45 Jahren noch möglich ist. Der Polizist schaut mich an, ich kann nur grinsen. Über meine wiedergewonnene Jugend und über Frau Hofmann. Das kann nur sie sein, ich spüre das. Die Nachbarin kann das echt nicht ernst meinen.

Ich habe zwei Kinder, die sind garantiert lauter als Mick Jagger. Paula und Fabian geben wirklich ihr Bestes mit ihren 4 und 6 Jahren, die machen keine halben Sachen. „Hören Sie Musik? Ich nicht." Die Miene des Polizisten wird leider nicht freundlicher. „Wollen Sie jetzt wirklich sagen, dass Sie das hier nicht hören? Stellen Sie es sofort leiser, sonst gibt es eine Anzeige." Früher ging das irgendwie leichter, da konnte ich noch länger auf Zeit spielen und mich blöd stellen. „Ja, es ist laut, aber nicht so laut. Ein einziges Mal im Jahr feiere ich eine Party, aber gut; wenn sich Frau Hofmann nicht aufregen kann, dann spürt sie sich offenbar nicht. Ich will keine Probleme mit der Polizei bekommen, ich drehe leiser, aber Frau Hofmann werde ich garantiert die Meinung sagen. Natürlich jugendfrei. Ich schwöre, ich tue wirklich nichts, wofür man die Polizei holen müsste." Ich höre die Stimme von Marian. „Schatz, wer ist denn da eigentlich an der Tür?" „Schatz, da ist niemand!" Ich flüstere dem Polizisten ein „Sorry, ich denke, wir sind hier fertig." entgegen und schließe die Tür. Marian das jetzt zu erklären, ist mir echt zu mühsam. Ich bin es gewohnt, all meine wichtigen und weniger wichtigen Fragen im Alltag und im Leben selbst zu lösen.

Ich bin Luise-Marie Winter, aber eigentlich nenne ich mich nur Luise. Mein Name ist eindeutig eine Laune der Natur. Ich bin ein Sommerkind, ein grantiges. Denn hier im verschneiten München kann man sich in den kuscheligen Ohrensessel setzen, aus dem Fenster schauen und auf die Sonne warten, wenn man viel Zeit hat. Die habe ich aber nicht. Ich bin zweifache Mutter, arbeite per Vertrag 20 Stunden in der PR-Branche. Blöd ist nur, dass mein Chef deutlich mehr von mir fordert. Es ist jetzt nicht so, dass ich tatsächlich die ganzen 20 Stunden wirklich effektiv arbeiten würde, aber ich habe das Gefühl, dass mein Chef das will. Der Gedanke ist schon anstrengend genug. Ich könnte natürlich sagen, ich denke keine weitere Sekunde an den Job, aber ich gehöre leider nicht zu dieser Gattung der selbstbewussten Nein-Sager. Grüße an meine Mutter. Da können selbst die fünf Tage an einem Coachingseminar nichts ändern. Freiwillig war ich eh nicht dort, mein Chef fand, dass das eine gute Idee wäre. Zwei Dinge habe ich von diesem Coachingseminar mitbekommen, Brötchen mit Mayo sind gar nicht so schlecht und mein Mann könnte sich auch mehr einbringen. Zumindest ein gedankliches Nein habe ich in meiner Tasche mit nach Hause genommen. „Nein, ich gehe heute Abend nicht bei deiner seltsam spießigen Anwaltsparty mit, ich schaue lieber Bridget Jones. Nein, ich möchte deine Mutter nicht besuchen und ihren vertrockneten Kuchen essen, ich gehe lieber mit meinen Freundinnen auf einen Cupcake. Nein, die Kinder bringst du heute ins Bett, ich bin gerne bereit, dir zu zeigen, wo sie die Nacht verbringen." Ich bin wirklich kurz davor, all das auszusprechen, aber irgendwie wäre es auch ein bisschen unfair, denn ganz so schlimm ist Marian irgendwie auch nicht, denn er würde garantiert den Duschkopf reparieren, wenn er öfter zu Hause wäre.

Bei mir zu Hause sind gerade einige Personen, die mit mir meinen Geburtstag feiern. Ich bin jetzt 45 Jahre alt. Eine Zahl, bei der man meinen könnte, dass man einen genauen Plan vom Leben hat. Ich gehöre nicht zu dieser Sorte. Ich bin flexibel. Mehr als mir lieb ist. Deswegen weiß ich auch nicht genau, wie viele Personen mit mir heute Abend Geburtstag feiern. Henry, mein Freund, mein Kollege und Leidensgenosse in der Community „Der Chef nervt uns" ist natürlich da. Er lässt keine Party aus, aber genau dafür liebe ich ihn. Henry hält mir sein Glas hin. „Schätzchen, hast du noch so etwas von diesem Zeug? Wer war da an der Tür?" Henry hängt wie ein Sack im Ohrensessel, immerhin ist sein Pullover so grün wie der Bezug. Stylisch Abhängen kann er. Ich setze mich auf die Lehne. „Die Polizei war da." Henry setzt sich kerzengerade hin. Das hätte ich ihm gar nicht zugetraut, dass er so schnell wieder hochkommt. „Was wollten die?" „Die

Musik war zu laut. Ich hole den Champagner." Ich suche in der Küche in einem Karton nach der letzten Flasche. Henry ruft mir zu. „Wenigstens ist unser Zeug nur Champagner." Ich lache und schenke ihm ein. Die Flasche stelle ich gleich zu ihm auf den Boden, denn dieser Kerl trinkt das Zeug allein. Wo ist eigentlich Carmen? Sie ist immerhin für den Champagner zuständig, sie hat sich damit selbständig gemacht, wofür ich sie grenzenlos bewundere. Allerdings hat sie eine kleine nervige Angelegenheit, sie genießt das Leben in vollen Zügen. Ich befürchte, dass sie das in diesem Moment in meinem Schlafzimmer mit irgendeinem meiner Gäste hier tut. Es ist jetzt keine genehmigungspflichte Großveranstaltung, aber 20 Leute werden hier schon herumkugeln, durch die ständigen Zu- und Absagen habe ich den Überblick verloren. Ein Überraschungsgast war auch dabei. Marian hat einen neuen Kollegen mitgebracht, keine 30 Jahre alt und genau das Beuteschema von Carmen. Henry reißt mich aus meinen Gedanken. „Hasenbärli, kannst du mir noch einmal einschenken." Er versinkt noch mehr im Ohrensessel. Ich schüttle den Kopf. „Schenk dir doch selbst ein? Bin ich deine Bedienung?" „Du bist die Gastgeberin!" „Ach Mensch, du kennst mich doch. Mit Haushalt habe ich es nicht so." Henry bückt sich auf den Boden und greift nach der Flasche, ich starre ihn an. „Steck dein Hemd in die Hose, man sieht doch alles." „Das hat dich früher aber nie gestört, Darling. Du wirst spießig."

Apropos spießig, ich frage mich, wo jetzt diese Carmen ist, ich möchte das echt nicht, dass sie mir mein Bett versaut, nicht dass ich die Bettlaken heute gemacht hätte. Denn das ist wirklich spießig, selbst hier in dieser wunderschönen Siedlung mit den frisch gestrichenen Häusern und geordneten Blümchengärten. Ich kenne nicht alle Betten hier, eigentlich nur meines, aber ich kann es mir vorstellen, dass es bis in den letzten Winkel geordnet zugeht. Hier im Hause Winter ist das eher nicht so. Und im Moment schon gar nicht. Auf Zehenspitzen schleiche ich mich bei der Schlafzimmertür an und drücke mein Ohr gegen das Holz. „Mach es mir!" Ich schrecke zurück, diese Carmen. Das war schon so als sie meine Mitbewohnerin war, irgendwann habe ich mir gar nicht mehr die Mühe gemacht, mich vorzustellen. Dafür hatte ich als gute Freundin immer eine hunderter Packung Taschentücher für sie bereit, denn Abschiede waren immer schrecklich für sie. Selbst wenn es nur ein 5-Minuten-Blind-Date war. Immer rief sie mich an, um mir zu erklären, dass genau dieser eine Typ ihre große Liebe sein hätte können. Arme Carmen, sucht immer noch die große Liebe, mit 45 Jahren. Mann, bin ich froh, dass ich verheiratet bin. Hin und wieder muss man das auch positiv sehen.

Seit fast 16 Jahren sind wir inoffiziell zusammen, seit 15 Jahren sind wir offiziell in einer Beziehung und seit 6 Jahren sind wir irgendwas zwischen Eltern, Mitbewohnern und dem ersten romantischen Date. Letzteres rede ich mir immer wieder gerne ein, wenn ich einen schwachen Moment habe und mir vorstelle, wie es wäre, wenn wir mehr Zeit miteinander hätten. Wie sehr vermisse ich unseren spontanen Kaffee nach Triest, unsere durchgetanzten Nächte, unsere Wellness-Wochenenden, wo man kein Wort miteinander geredet hat, weil man gemeinsam froh war, dass man mit niemanden reden muss. Das mit Triest weiß ich jetzt nicht mehr so genau, ob das wirklich wir waren, das könnte ich auch in einem Hollywood-Film gesehen haben, aber ich habe schon reichlich Champagner in mir. Der Wunsch ist manchmal stärker als man denkt. Carmen reißt die Tür auf. „Was machst du hier?" „Carmen, diese Frage müsste ich wohl eher dir stellen. Das ist mein Schlafzimmer." „Früher hättest du dich nicht so darüber aufgeregt, du wirst spießig." Carmen geht an mir vorbei, ohne mir auch nur einen Blick zuzuwerfen. Spießig? Diese Wortwahl ist ungerecht, heute war ein Polizist an der Tür, weil ich die Musik zu laut aufgedreht habe. Rock'n Roll ist mein Leben.

Sexy Klopapier

Der Kaffee läuft langsam in meine Tasse, das Surren der Kaffeemaschine reiht sich nahtlos in das Läuten des Weckers von Marian. Jeden Morgen nur Surren, in meinem Kopf und um mich herum. So ist mein Leben. Ich nehme die Tasse, setze mich auf den Sessel und kuschle mich in meine Wollweste, mein Kopf brummt. Ich höre meine Kinder, wie sie die Treppen hinuntergehen und ich könnte schwören, dass sie über Nacht zu Elefanten geworden sind, es könnte aber auch der Champagner von Carmen sein. „Hör auf mich zu schubsen!" „Hör doch du auf!" Ich nehme einen kräftigen Schluck und bin ehrlich dankbar, dass Marian gerade den Teekocher anmacht, der ist so herrlich laut. „Schatz, machst du die Kinder für den Kindergarten fertig?" Ich schaue Marian an. „Was meinst du, wer das in den letzten Jahren gemacht hat?" „Ich muss duschen, mach sie bitte fertig. Wir fahren gleich." Ich motze hinterher. „Gleich ist da gar nichts. Du brauchst immer länger als ich im Bad." „Wenn ich im Homeoffice wäre, würde ich mich auch nicht zurechtmachen." Ich schnappe nach Luft. „Was genau willst du mir damit sagen? Paula, steck deinem Bruder keinen Löffel ins Ohr. Das tut weh." „Mama, das weiß ich selbst, deswegen mache ich es ja. Er hat mich beschimpft." Was soll ich sagen? Geht mir ganz genauso mit deinem Vater, trotzdem stecke ich ihm nichts ins Ohr, obwohl ich nah dran bin. „Los Kinder, zieht euch an, ich richte die Jause her. Euer Vater ist gleich fertig."

Endlich bin ich allein. Herrlich leise ist es hier im Haus. Nur das Piepsen der reinkommenden Mails stört ein wenig. „Liebe Luise, ich warte auf den Entwurf für die neue sexy Klopapier-Kampagne. Wann, denkst du, bist du damit fertig?" Ich starre auf den Bildschirm, mein Chef stellt Fragen, vielleicht könnte er mir sagen, wie man Klopapier sexy macht. Allein dieses Wort löst in mir Unbehagen aus, es wirkt so verkrampft im Zusammenhang mit meinem Chef. „Lieber Klaus, ich bin schon dabei, das Klopapier für alle Ärsche dieser Welt attraktiv zu machen. Ich melde mich bald bei dir." Gar kein schlechter Slogan, oder? Das Papier für alle Ärsche dieser Welt, kann man zur Not auch schreddern, wenn man etwas zu verbergen hat. Da fällt mir Carmen ein, ich muss sie anrufen, die hat mir noch kein Wort von gestern Abend erzählt.

„Süße, was war denn gestern los mit dem Kerl?" Es dauert keine Minute, dann ist Carmen unter Strom. „Du wirst es nicht glauben, ich denke, das könnte die große Liebe sein." „Warum glaubst du das?" „Er hat sich heute gemeldet. Er möchte ein Date." „Warum erzählst du mir so eine weltbewegende Neuigkeit erst jetzt?" „Naja, ich dachte, du bist sauer auf mich, weil ich dein Bett verwüstet habe." „Ach Carmen-Maus, das passiert doch nicht zum ersten Mal." „Auch wieder wahr. Also, was meinst du, was soll ich anziehen? Das grüne Glitzerkleid oder lieber leger eine Jeans und ein rotes Glitzertop?" „Warum unbedingt Glitzer? Wo geht ihr hin?" „In eine Bar, die ist gerade sehr angesagt. Ich nehme mal an, dass du die eh nicht kennst." „Ach Mensch, sag das nicht so hart. Auch ich kannte mal Bars." Dieses Gespräch deprimiert mich, auch wenn ich es noch so liebe, weil ihr aufregendes Single-Leben auch mich ein bisschen aufregt. Hoffentlich wird das mit dem Typen nicht ernst. Natürlich wünsche ich ihr das große Liebesglück, aber für mich wird es dann eindeutig langweiliger. Ich verabschiede mich von Carmen und mit ihr geht auch dieser Hauch von jugendlicher Aufgeregtheit bei mir verloren. Ich muss auf die Toilette, da fällt mir wieder ein, dass ich eh wieder arbeiten muss. Naja, eigentlich sollte ich mal damit beginnen. Ich starre das Klopapier in der Halterung an, was genau ist daran so spannend, dass man sich dafür bewusst entscheiden muss? Das klingt ja fast wie die Auswahl nach dem Partner fürs Leben. Kein schlechter Ansatz, Frau Winter, so geht PR. Man weiß immer, wo man es findet, es hilft, Ordnung ins Leben zu bringen, es ist weich und wischt all die Tränen weg. Dieses Klopapier, ganz ehrlich, würde ich heiraten. Man könnte ein Brautkleid aus Klopapier produzieren. So produktiv war ich schon lange nicht mehr, man muss sich auch mal selbst loben. Zumindest hat das dieser Typ aus dem Coachingseminar gesagt.

Ich setze mich an den Computer, beflügelt von dieser Idee tippe ich in die Tasten. Hoffentlich findet der Boss das auch so gut wie ich. „Lieber Klaus, ich habe eine Idee. Wir produzieren aus Klopapier ein Brautkleid. Der Slogan dazu. „Wie ein Partner fürs Leben. Man findet es verlässlich, es bringt Ordnung ins Leben, es ist weich und ist immer an deiner Seite, wenn es Tränen gibt. Was sagst du?" Nervös trommle ich mit den Fingern auf dem Tisch, mein Handy blinkt auf, Carmen schickt mir ein Foto. „Schau mal, dieses Outfit?" „Das schaut zu sehr nach „Ja, ich will" aus." „Ich will ja auch!" „Ja, aber nicht so schnell." „Doch! So schnell!" „Na dann, geh hin und verschreck ihn." „Musst du immer so direkt sein?" „Ich bin deine Freundin, ich bin ehrlich. Sonst bringt dir das ja nichts, dass wir miteinander reden." Ich höre, dass ein

Mail reinkommt, ich muss jetzt echt mal arbeiten. „Liebe Luise, das ist in der Tat kein schlechter Zugang. Wir müssen das natürlich noch ausformulieren und wir können das keinesfalls so als Konzept verkaufen, aber es ist einmal ein Anfang. Gut gemacht! Kommst du morgen ins Büro, dann können wir gleich alles besprechen! Bis bald, Klaus." Na, darauf freue ich mich, eine Sitzung mit Klaus steht immer ganz oben auf meiner Liste. Ich muss jetzt meine Kleinen vom Kindergarten holen. Meine Vormittage vergehen immer rasend schnell. Carmens Liebesleben und ihr Outfit haben mich auch wirklich abgelenkt. Aber das ist mir eindeutig lieber als Gespräche über Klopapier zu führen. Ich werfe einen Blick in den Spiegel, hole meine Tasche und ziehe die Schuhe an. Auf zum Kindergarten.

Ich stelle das Auto im Parkverbot ab, was soll ich tun, kann ich ja nichts dafür, der Kindergarten ist nun mal hier. Ich höre Paula und Fabian, verlässlich immer am lautesten. Konsequent wie immer, für ihr Leben ein klarer Vorteil. Das macht mich jetzt schon stolz. Mit Anlauf springen sie in meine Arme und direkt in mein Kreuz, eine Mutterschaft ohne Bandscheibenvorfall ist wohl nicht möglich. Von hinten höre ich die Stimme der Pädagogin. „Frau Winter, es wäre fein, wenn Sie zwei Flaschen für die Kinder mitnehmen. Wir wollen Flaschendrehen machen. Der Termin für die Abgabe war heute." Ach Mist, da war doch was, ganz ehrlich, bei diesen organisatorischen Bring-bitte-was-mit-Sachen bin ich wirklich nicht die Beste, dafür bin ich beim Puzzle Weltmeisterin.

Ich schnappe meine Kinder und gehe zum Auto. Zum Glück steht kein Polizist da, wenigstens hier entkomme ich den geordneten Verhältnissen. Ich schnalle meine Kinder an und stelle die obligatorische Frage. „Wie war es im Kindergarten?" „Eh gut." Wenigstens sind sie sich diesmal einig. Zu Hause angekommen, bin ich froh, dass Bibi Blocksberg Zeit hat. Ich gehe in die Küche und suche nach Flaschen, ich bin mir sicher, dass wir welche haben. Flaschendrehen, bisschen früh meine ich, aber gut. Ich schaue in unseren Glascontainer und sehe nur, Bier, Wein und Champagner. Ich schätze mal, das ist wirklich zu früh für die Kinder. Ich hole mein Handy und tippe eine Nachricht an Marian. „Kannst du bitte zwei Flaschen irgendwas ohne Alkohol kaufen?" Was soll ich sagen, zwei Stunden kommt genau nichts, keine Antwort, niente. „Du, ich glaube, das geht sich nicht aus. Ich komme heute später heim." Ich schaue meine Kinder an und tue mir in der Sekunde selbst leid, weil ich weiß, dass ich diese kleinen Wesen jetzt wieder in eine Daunenjacke stopfen muss. Das ist erst eine Herausforderung, nicht seine Scheidungsstreit-Fälle. Ich hole mein Handy und schreibe ihm ein SMS. „Tankstellen haben bis Mitternacht offen. Vergiss es bitte nicht." Ich schaue meine Kinder an. „Wer will mit Mama ein Puzzle machen?" Während ich ein Stück vom Hinterteil eines Drachens suche, denke ich an sexy Klopapier.

Ich kann auch Dramaqueen

Ich bin wach, alle anderen schlafen noch. Wie lange ich mit mir allein sein kann, bis irgendwer Mama oder Luise brüllt, weiß ich nicht, aber ich habe gelernt, jede Sekunde zu genießen. Ich stecke mir die smaragdgrünen Ohrringe hinein und betrachte mich im Spiegel. Das Geburtstagsgeschenk von Marian, das kann er wirklich gut, darüber macht er sich wirklich immer Gedanken. Ich greife in mein Necessaire und hole einen grünen Lidschatten heraus, ich stelle mir vor, dass ich heute in diese Bar gehe, die Carmen erwähnt hat. Das Schlurfen von Marians Hausschuhen holt mich ins Badezimmer zurück. „Schatz, ich habe die Flaschen vergessen. Warum brauchst du die überhaupt?" „Ich brauche gar nichts. Deine Kinder brauchen die zum Flaschendrehen!" „Flaschendrehen? Sind die nicht ein bisschen jung dafür?" Ich tauche in die grüne Farbe und mir wird bewusst, dass diese Flaschen gar nicht mein Problem sind. Marian bringt die Kinder in den Kindergarten, er wird das jetzt der Pädagogin erklären müssen. „Dann kauf halt schnell welche an der Tankstelle." „Das werde ich wohl machen müssen, aber dann mach die Kinder bitte schneller fertig." Ich höre Paula und Fabian schon die Stiegen runterhüpfen. „Mama, wir wollen Frühstück!" Ich schaue in den Spiegel und betrachte mich, die Kombination Ohrringe und Lidschatten, die ist richtig gut. Ich gehe in die Küche und nehme die Milch aus dem Kühlschrank, da fällt mir auf, dass die in einer Glasflasche ist. Hätte mir auch früher einfallen können, die kann ich umschütten. Ich nehme die erste Flasche und schütte die Milch in eine Schüssel und stelle sie wieder in den Kühlschrank. Die zweite Flasche verwende ich für das Müsli der Kinder. Man muss einfach nur einen Plan haben. So einfach ist das. Zumindest in diesem Fall. „Hier ist euer Müsli. Heute mit etwas mehr Milch. Bitte zieht euch dann allein an, helft eurem Vater. Mama muss ins Büro." Ich schnappe meine Tasche und hole meine Daunenjacke, nur mit einem Handtuch bekleidet kommt Marian ins Vorzimmer. „Schade, dass ich nicht mit dir Flaschendrehen kann." „So ein bisschen Lidschatten und du drehst gleich durch. Ach ja, kannst du die Milchflaschen auswaschen? Die kannst du dann mitnehmen. Bis später!" Ich werfe ihm einen Kuss hin und ziehe die Tür zu. Die Kinder gehören jetzt ihm, ich fühle mich jetzt mal sexy. Sexy wie das Klopapier. Da fällt mir Carmen ein, ich hole mein Handy raus.

„Schätzchen, wie war es gestern? Du hast dich gar nicht gemeldet." „Er ist immer noch bei mir. Im Schlaf sieht er noch fescher aus." „Arbeitest du auch mal was?" „Ist das jetzt wirklich die Frage, die dich drängend interessiert?" „Wenn ich ehrlich bin, würde ich das schon gerne mal wissen, wie du so erfolgreich sein kannst, wenn du nie arbeitest. Ich freue mich wirklich, dass er über Nacht geblieben ist. Erstaunlich, dass du es doch ganz schön lang mit einem Kerl aushalten kannst." „Ich bin selbst überrascht, aber er riecht so gut, er macht mir Komplimente und er, naja, du weißt schon. Ich könnte das hier ewig machen. Solltest du mal probieren, also nicht mit ihm, aber mit deinem Ehemann. Wann hattet ihr das letzte Mal Sex? Und warum arbeitest du auch für eine Firma, arbeite für dich. Dann kannst du es dir frei einteilen, ersparst dir dutzende mühsame Diskussionen mit einem

Chef, bei dem du das Gefühl hast, dass du es tausend Mal schneller allein hinbekommen würdest. Und du hättest mehr Zeit für Sex. Woran arbeitest du gerade?" „Sexy Klopapier." „Mach dein eigenes Ding sexy! Er wacht auf, ich hoffe, wir werden noch eine Runde einlegen. Küsschen." Ich befürchte, ich werde heute auch ein paar Runden mit meinem Chef einlegen.

Ich betrete das Büro und nehme schon den Geruch seines Parfums wahr. Er trägt immer viel zu viel davon auf. Seit wir eine Kampagne für ein Parfum gemacht haben, steht dieses Zeug überall herum, bald auch Klopapier, wenn wir den Auftrag bekommen. Henry winkt mir zu. „Auch wieder mal da! Na, arbeitest du mal was? Schätzchen, ich hatte am Tag nach der Party so Kopfweh." „Das kann aber nicht nur der Champagner gewesen sein. Von Carmens Zeug bekommt man keine Kopfschmerzen." „Es war eine Kombination aus Bier, Wein und Champagner." „Wie bei mir im Mülleimer. Ich muss los, der Chef wartet schon. Und ja, ich bin Teilzeit, aber ich arbeite trotzdem was." Ich höre das Surren der Kaffeemaschine, ich sehe, dass Klaus eine Tasse Kaffee für mich macht. Fürsorglich ist er. „Meine Liebe, da bist du ja. Ich habe noch einmal darüber nachgedacht, ich denke, das ist wirklich kein schlechter Ansatz, den du da verfolgst. Ich finde, wir sollten da wirklich noch einmal darüber nachdenken und reden. Zucker und Milch?" Ich schüttle den Kopf, nein, wie die letzten 15 Jahre schon nicht. So lange bin ich nämlich schon in dieser Firma und so lange drehen sich hier auch die Gespräche immer wieder im Kreis. Ich setze mich hin und schlage mein Notizbuch auf, so zu tun als würde ich mir das jetzt alles merken wollen, darin bin ich Weltmeisterin. „Ja, ich finde auch, wir sollten reden." Ich trinke einen Schluck und spüre wie die heiße Brühe hinunterrinnt. Warum kann ich mir das nie merken, dass man bei heißen Sachen warten muss? Die Kinder sind da schneller. „Sexy, sehr sexy finde ich die Idee mit dem Partner fürs Leben. Wie bist du darauf nur gekommen, Luise?" Puh, soll ich ihm jetzt erzählen, dass ich am Klo gesessen bin? Eher nein. „Ein neuer Partner ist ja auch wie ein unbeschriebenes Blatt. Oder nicht? Und irgendwie hat eines zum anderen geführt. Obwohl ich jetzt ehrlich nicht genau weiß, wie sexy es ist, wenn man den Partner fürs Leben sucht." Klaus lehnt seinen Oberkörper auf den Tisch und kommt mir nah, zu nahe, von Mindestabstand ist da keine Rede. „Wie meinst du das? Hast du Probleme in deiner Ehe?" Wie kommt der jetzt bitte da drauf? „Ich denke nicht, dass ich das mit meinem Chef besprechen möchte, aber wenn du es wissen willst, es ist alles absolut wunderbar in Ordnung. Geordnet wie das Klopapier. Widmen wir uns dem auch wieder." Ich halte mich an meinem Notizbuch fest und denke an Carmens Worte, es stimmt, ich sollte mit diesem Job aufhören. Henry holt mich aus meiner Not heraus, er hat alles durch die Glasscheibe beobachtet. Henry kommt zu uns in das Zimmer. „Chef, da hat einer angerufen, der sagt, es sei dringend." „Wer war das?" „Der Klopapier-Mann." Ich lasse meinen Kopf in meine Hände sinken, ich kann dieses Wort echt nicht mehr hören. Mein Chef verlässt den Raum und Henry setzt sich zu mir. „Schätzchen, na bin ich super?" Ich löse meinen Kopf aus meinen Händen. „Was meinst du?" „Ich habe gesehen, dass dieser Kerl sich zu dir gebeugt hat. Ziemlich nahe war der. Ein Hoch auf die Glasscheiben in den Sitzungszimmern." „Irgendwie war das seltsam. Wollte dieser Kerl mit mir flirten? Ganz ehrlich. Der ist doch auch nicht mehr der Jüngste." „Ganz ehrlich, der Typ hätte bei dir auch keine Chance, wenn er 20 Jahre jünger wäre. Klaus ist in unserem Alter. Wenn er nicht mehr jung ist, dann sind wir es auch nicht. Ganz einfache Rechnung, um unsere Attraktivität einzuordnen." „Na hör mal, vor ein paar Stunden hat mich mein Mann noch anziehend gefunden." „Nicht nur vor ein paar Stunden hattest du Anziehungskraft, Schätzchen. Ich musste dich gerade retten." „Und was ist jetzt mit dem Klopapier-Mann, der hat doch nicht wirklich angerufen?" „Nö!" „Du riskierst deinen Job für mich?" „Das würde ich tun, aber da ist kein Risiko. Er wird es auf die Technik schieben, wenn keiner dran ist und gut ist es." Ich schaue Henry an. „Du bist gut. Nein grandios! Ich muss mich jetzt um diese blöde Kampagne kümmern." „Kampagne, Champagne. Wie geht es eigentlich Carmen?" „Gut, ein Typ hat bei ihr übernachtet. Sie glaubt, es ist die große Liebe." „Einmal Tag und Nacht. Das ist ein neuer Rekord." „Das dauert schon länger. Das hat schon bei meiner Party begonnen. Ich muss jetzt wirklich arbeiten, sonst habe ich ganz andere Probleme mit dem Chef." Ich nehme mein leeres Notizbuch und gehe in mein Büro, ich versuche mich zu konzentrieren, diese Kampagne muss hinhauen, auch wenn sie mir am Arsch vorbeigeht. Drei Stunden später bin ich wirklich erledigt, ich habe tatsächlich intensiv über das Klopapier nachgedacht, dabei ist auch etwas rausgekommen, womit ich mich sehen lassen kann. Und ich spreche jetzt nicht vom Brautkleid aus Klopapier. Es ist wieder einmal mehr der Beweis, wenn ich mich wirklich bemühe, dann kommen auch die Ideen, aber man muss sich halt auch einmal so richtig anstrengen. Das hat meine Mutter schon immer zu mir gesagt, und das hat mich damals schon abgeschreckt, denn wer will sich schon so richtig anstrengen? Aber ich habe Glück, denn ich sehe meine Mutter gleich. Vielleicht hat sie ja einen neuen Spruch parat, den ich mir in die Toilette hängen kann. Ich schnappe meine Tasche und düse in den Kindergarten.

Meine Kinder sind total aufgeregt, dass sie heute mit der Oma Zeit verbringen können. Sie springen herum und rufen laut Oma. Ich muss zugegeben, ein bisschen Eifersucht kommt da schon auf. Ich bin immer für sie da, aber wenn meine Mutter mal Zeit hat, dann ist das ein Highlight. Was soll ich machen, ich bin halt hier die Sockenbeauftragte, die auf ihre Zähne und ihre ethnischen Werte aufpassen muss. Aber heute mache ich mich rar, soll doch meine Mutter mal für ein paar Stunden erziehen. Das passiert eh selten, denn meine Mutter ist in Rente. Sie hat nie Zeit, sie ist immer unterwegs. Sie hat meine volle Bewunderung, wenn es um ihre Energie geht, aber gut, ihr Kind ist schon groß. Sie hat genug Zeit für sich. Meine Mutter öffnet die Tür und schaut mich an. Sie hat diesen Blick drauf, der mich bewertet. Eindeutig. „Schatz, du siehst so abgemagert und erschöpft aus, dabei arbeitest du gar nicht so viel. Sind es die Kinder, die dich nicht schlafen lassen?" Danke, Mama, du warst schon immer so. „Du, ich muss jetzt, ich muss mich ausruhen. Ich hole sie um 19 Uhr ab. Bis später." Ich lasse mich auf den Autositz fallen und schaue in den Spiegel. Ein bisschen erschöpft, ja, aber nicht so erschöpft. Ich nehme das Handy und wähle Carmens Nummer. „Können wir reden?" „Ja, ich bin allein.

Der Typ ist weg. Was ist los?" „Ich weiß nicht, ich glaube du hast Recht, ich muss was ändern." „Süße, du brauchst Champagner! Wo bist du gerade?" „Im Auto. Bring mich in diese Bar, in der du neulich warst." „Luise, es ist 15 Uhr. Die hat doch noch nicht offen." „Ach Mensch, ich habe genau vier Stunden Zeit." „Dann komm zu mir!"

Carmen öffnet die Tür, ich falle in ihre Arme und dann auf ihr Sofa. „Ach, ich sag es dir, das Leben kann echt anstrengend sein. Dabei ändert sich in meinem Leben nie etwas, aber vielleicht ist das der Fehler. Bei dir tut sich dauernd was. Ich merke mir nicht einmal die Namen. Was war jetzt mit dem Typen, der auf meiner Party war?" „Ich denke, das Thema ist erledigt. Du weißt ja, mich stört immer etwas." „Was war es dieses Mal?" „Er meinte, er meldet sich wieder einmal, wenn es sich bei ihm ausgeht." „Okay, das wäre auch für mich ein eindeutiges Nein für diesen Typen. Da brauche ich keine Erfahrung mit Dates. Komm her, meine Süße. Lass dich knuddeln." Carmen wirft sich heulend in meine Arme, ich versuche, ein Taschentuch aus meiner Tasche zu kramen, aber ich habe keine mit. Was bin ich bloß für eine schlechte Freundin, unorganisierte Mutter, lieblose Ehefrau, unmotivierte Mitarbeiterin und undankbare Tochter? Ein lautes Schluchzen erfüllt den Raum. Carmen steht auf und holt mir ein Taschentuch. Ich kann nicht nur Rock'n Roll, ich kann auch Dramaqueen.

Vielleicht doch New York?

Ich muss ehrlich aufpassen, dass mir mein Kopf nicht in die Kaffeetasse fällt. Es ist noch viel zu früh für so eine lange Nacht. Marian und ich haben das Flaschendrehen neu interpretiert. Ich war sehr froh, dass ich meinen negativen Karmapunkt „lieblose Ehefrau" ein wenig auflösen konnte. Ein Platz an der Bar im Paradies ist jetzt wohl fix. Der Teekocher reißt mich aus meinen Gedanken, warum müssen diese Dinger wirklich so laut sein? „Guten Morgen, mein Liebling." Marian drückt mir einen langen Kuss auf, fast ist es ein bisschen wie in Triest. „Oh Manno, du Blödmann." „Selber Blödmann!" Ich schaue meine Kinder an und ziehe sie zu mir. Ich spüre noch die Bettwärme auf ihrer Haut und in mir steigt diese unbändige Liebe auf, die das alles möglich macht. Denn mit Verstand hält man das hier sicher nicht durch. Ich öffne den Kühlschrank und suche die Milchflasche, dabei werfe ich die Schüssel mit der Milch hinunter. Stimmt, da war doch was, ich habe die Milch da hineingegeben, weil ich die Flaschen für den Kindergarten verwendet habe. Ich stelle den Kindern das Frühstück auf den Tisch. „Heute gibt es Müsli mit Wasser. Zieht euch dann an, Papa ist schon im Bad." „Mama, wo bist du heute?" „Im Homeoffice." „Warum arbeitest du nicht so viel wie der Papa?" „Weil ich auf euch aufpasse." „Aber gestern hat die Oma aufgepasst." „Und das wird sie heute gleich wieder, wenn du dich jetzt nicht anziehst." Pädagogisch wertvoll war das jetzt nicht, das weiß ich selbst, aber ganz ehrlich, wann verhält man sich schon mal 24 Stunden am Tag korrekt? Ok gut, ich bin erst seit 30 Minuten wach. Ich nehme das Brot und schneide zwei

Scheiben ab, ich streiche die Butter bis in die kleinsten Ecken, mit dem Messer fahre ich am Rand entlang, damit alles schön gleichmäßig wird. Ich weiß gar nicht, warum ich das tue. Das ist nicht meine Art. Ich schätze mal, das ist ein Zeichen für Veränderung. Vielleicht sollte ich mal Erdnussbutter kaufen. Rekordverdächtig stecke ich die Kinder in ihre Kleider und gebe sie Marian mit.

Ich muss jetzt wirklich arbeiten. Ich ziehe mein Top und meine Sportleggings an und setze mich auf meinen Hometrainer. Ich wähle das Programm mit einem Meereshintergrund. Eine Telko mit meinem Chef steht an. Bewegung in den Beinen ist auch Bewegung im Kopf. Dafür muss man keine Bücher für Führungskräfte lesen. Warum ich mir so etwas mal gekauft habe, ich habe keinen Plan mehr. Hätte ich wirklich irgendwann Chefin sein wollen? Von wem auch immer? Das PR-Studium habe ich nur gemacht, weil meine Mutter unbedingt wollte, dass ich etwas Gescheites lerne. Gut, ich war 18 und ich war mit Liebesdramen und Partys beschäftigt, ich habe ihr nicht groß widersprochen. Als Marian aufgetaucht ist, war ich froh, dass ich das Single-Parkett noch knapp vor der 30er Party verlassen konnte. Und das war wirklich haarscharf. Fünf Monate davor. Dann habe ich diese Zweisamkeit und meinen ersten Job und mein eigenes Gehalt genossen. 10 Jahre später kam auch schon das erste Kind. Da denkt man nicht sofort an einen Jobwechsel. Wann hätte ich also Zeit für meine Träume gehabt? Ich hätte gern einen Laden mit Zeugs gehabt. Mit Dingen aus Italien, Spanien, Frankreich oder New York. Überall hätte ich in Concept Stores, in Vintage Läden oder auf Flohmärkten nach seltenen Fundstücken gesucht. Am Times Square wäre ich entlang spaziert mit meinen hohen Schuhen, hätte mich von Designern inspirieren lassen, Cocktails getrunken und wäre mit ganz viel Zeugs im Koffer nach Hause geflogen. Wie gerne hätte ich einen eigenen kleinen Laden gehabt. Ich höre die Stimme von Klaus. „Luise, .bist du da? Also die Sache mit dem Klopapier. Gestern habe ich mit dem Auftraggeber gesprochen. Wenn wir in den nächsten zwei Tagen nichts herzeigen können, dann sucht er sich eine andere Agentur. Hörst du mich?" Mein Fluchtreflex setzt ein, ich trete fest in die Pedale. Mindestens bis Hawaii muss ich radeln, damit mich der Typ nicht mehr aufregt. „Ja, ich höre dich! Ja, ich werde das alles schön formulieren und dir bis morgen schicken." „Warum nicht bis heute?" „Du, die Internetverbindung ist voll schlecht. Ich schick dir was, ja?" Ich steige vom Rad und werfe mich auf das Sofa. Ich brauche Carmen. „Ich wollte gerade bis nach Hawaii radeln, weil mich dieser Typ so fertig macht!" „Wovon redest du?" „Ich möchte bitte einfach nur mehr kündigen. Ich möchte diesen Zeugs-Laden aufmachen." „Was hält dich davon ab?" „Mein Mut, meine Gewohnheit, mein Sicherheitsdenken, meine Kinder, mein Mann und sonst noch was, was mir gerade nicht einfällt." „Ich kann mir das nicht anhören! Du bist toll, du bist kreativ, du hast ein Gespür für Design, ein Talent für die schönen Dinge des Lebens wie Vasen und so Zeugs. Schau dir mal dein Haus an!" „Aber wie soll ich das anstellen? Ich will selbständig sein. Allein bei dem Gedanken, dass ich Marian fragen müsste, ob er mich finanziell unterstützt, bekomme ich die Krise. Ich will das allein finanzieren. Aber wie? Wenn ich mich auf so etwas einlasse, dann möchte ich es allein schaffen. Luise

Winter ist keine Frau, die Abhängigkeit aushält." „Das nenne ich jetzt mal ein verzerrtes Selbstbild, du hast mit diesem Mann zwei Kinder und Haus & Co aufgebaut." „Aber deswegen bin ich doch nicht abhängig! Ich arbeite nicht mit Klopapier, weil es mich so inspiriert. Ich bezahle damit meine Rechnungen. Stell dir das mal vor! Wenn ich diesen Job nicht mehr habe, dann bin ich wirklich abhängig. Danke, Nein!" „Dann mach es so, wie ich es gemacht habe. Ich war auch mal angestellt. Kannst du dich noch erinnern? Und dann kam der Champagner in mein Leben." „Auch in meines." „Eben, ich kauf dir auch ein paar Vasen ab." „Sehr witzig." „Ich habe viel aufgegeben, ich war immerhin im Marketing einer großen Firma, aber ich habe daran geglaubt, dass ich mein eigenes Ding durchziehen kann, wenn ich mich da voll reinhaue." „Womit wir bei der Frage wären, die mich wirklich schon lange beschäftigt. Arbeitest du auch mal was? Ich habe immer den Eindruck, dass du nur datest. Verkaufst du deinen Dates deinen Champagner?" „Ach Schätzen, ich importiere den Champagner aus Frankreich und verkaufe ihn an Großkunden. Ich stelle die Kontakte her und trinke das Zeug und verschenke es dauernd an Freunde. Und glaube mir, ich bin meine beste Kundin." „Und davon kann man leben?" „Sehr gut sogar, wenn man vorher ordentlich verdient hat und zwei Wohnungen vermietet." „Das soll mir jetzt Mut machen? Mein Verdienst ist jetzt nicht so groß. Er ist ausreichend ja, aber dass ich mir da einen eigenen Laden einfach so ansparen könnte. Das geht sich nicht aus." „Kann Marian dich nicht unterstützen, der verdient doch wirklich viel." „Auf keinen Fall, ich würde das allein durchziehen wollen. Das ist nicht mein Ding. Außerdem wäre er not amused, wenn ich ihm regelmäßig die Kinder umhänge. Es ist doch jetzt schon jedes Mal eine Staatsaffäre, wenn er sich bewusst daran erinnern soll, dass er Kinder hat. Weißt du, als wir keine Kinder hatten, da hat er auch schon wahnsinnig viel gearbeitet, da hat es mich aber nicht sonderlich gestört, weil ich mit dir die eine oder andere Bar erobert habe. Ich habe gehofft, dass er weniger arbeitet, wenn das erste Kind da ist. Leider hat er sein Arbeitspensum nie reduziert." „Er ist verdammt nochmal der Vater, kannst du ihn mal daran erinnern? Zur Not leg ihm einen Vaterschaftstest hin, vielleicht checkt er es dann endlich. Wenn nicht, das Codewort ist Nanny." „Falsches Codewort. Ich weiß nicht, was eine Nanny betrifft, das ist irgendwie nicht mein Ding. Die Kleinen sind doch eh schon am Vormittag im Kindergarten." „Na dann musst du dich neben den Kindern voll reinhauen, networken, herumreisen, auf der Suche nach den tollsten Fundstücken sein. Gib alles!" „Ich bin Mutter von zwei kleinen Kindern? Das fällt fix nicht auf, wenn Mama für ein paar Tage in Paris oder New York ist. Und sag jetzt nicht, ich soll ihnen einen Channel mit Kinderprogrammen abonnieren. Ich muss jetzt gehen, ich muss die Realität vom Kindergarten holen." „Ausrede, Ausrede, Ausrede."

Ich lege auf und stehe vom Sofa auf, ich bin ehrlich froh, dass ich dieses Gespräch verlassen kann. Ich möchte nicht einmal über Veränderung reden, so sehr strengt es mich an. Da bin ich erleichtert, dass ich mich jetzt um meine Kinder kümmern muss. Da habe ich keine Zeit für Gedanken. Ich öffne die Tür und gehe in den Kindergarten. In dieser Mini-Karibik wird mir sofort heiß, jedes einzelne Mal überlege ich, ob es sich für diese paar Minuten auszahlt, die Jacke auszuziehen. Das beschäftigt mich, da bleibt keine Zeit für größere Gedanken. Und außerdem muss ich jetzt meine Kinder überreden, möglichst schnell ihre Jacken anzuziehen. So ist das nämlich. Die Pädagogin kommt auf mich zu. „Frau Winter, die Kinder brauchen die 500 Gramm Dosen, damit wir damit basteln können. Haben Sie denn das Mail nicht gelesen?" „Wissen Sie, mein Mailprogramm spinnt immer wieder. Wir besorgen sie gleich. Wir gehen sofort in den Supermarkt und morgen bringt sie meine Mutter mit, wenn sie die Kinder bringt." Na ehrlich, kein Mensch liest auf dem Hometrainer Mails. Paula schaut mich vorwurfsvoll an, ich sehe das, ich kenne diesen Gesichtsausdruck, den hat sie von mir. „Kommt, wir kaufen das schnell und dann gehen wir Kuchen essen. Die Oma soll diese Dosen für euch besorgen und morgen in den Kindergarten bringen." Manchmal muss man sich Karmapunkte auf allen Ebenen holen. Es ist viel los in der Konditorei, wir warten hier sicher zehn Minuten, das macht mich voll unruhig, denn Geduld ist nicht gerade meine Stärke. Wehe, eines meiner Kinder fragt, ob wir bald da sind. Ich hole tief Luft, lächle und streiche Fabian über den Kopf. „Wir vertreiben uns die Zeit. Dafür schmeckt der Kuchen dann gleich viel besser, wenn man darauf wartet. Dann weiß man das mehr zu schätzen. Welchen wollt ihr denn?" Das sind genau die Sätze, die ich schon als Kind nicht hören konnte, trotzdem purzeln sie aus meinem Mund, ohne jegliche Kontrolle darüber zu haben. Die Sätze seiner eigenen Kindheit kann man nicht abstreifen. Erst 15 Minuten später sind wir dran. Immerhin konnte ich meine

Kinder mal so richtig ausfragen. Ich weiß jetzt, dass sie ein eh recht gutes Mittagessen hatten und eh nichts im Kindergarten war. Ich interpretiere das so, es muss alles gut sein, sonst hätte ich hier das volle Raunz-Programm. Darin sind meine Kinder ebenfalls konsequent. Paula hat ein weißes Kleid an und wünscht sich Schokoladekuchen. Warum muss dieser Klassiker wirklich immer sein? Und ich bin die Frau ohne Feuchttücher in der Tasche. Die Kinder übernachten heute bei der Oma. Ausnahmsweise hat sie nochmal Zeit für meine Kinder, normalerweise hält sie schneller wieder ihren Sicherheitsabstand, den sie mir fröhlich als Reise verkauft. Sie ist lieber unter Palmen. Eindeutig. Ich habe das durchschaut, das durchschaut sie nur nicht. Ausgerechnet heute ist mein Kind mit Schokolade voll. Vielleicht sollte ich es wie meine Mutter machen. Ich muss nach New York. Natürlich allein.

Allein Duschen ist mein Hobby

Meine Nacht war sexy mit Klopapier. Bis zwei Uhr bin ich vor dem Computer gehangen, um dieses dämliche Konzept zu schreiben. Mein Glück ist, dass ich schnell bin, wenn ich will. Das Glück meines Chefs ist es, dass ich diesen Job leider brauche. Ich höre Marian in die Küche kommen, er drückt mir einen Kuss auf die Wange. „Du bist gestern aber spät ins Bett." „Ich musste arbeiten." „Du arbeitest zu viel." Endlich sieht das hier mal jemand, ich seufze laut und schaue in Marians Augen, er umarmt mich. „Luise, was ist los?" „Wollen wir nach New York? Ziehen wir dort hin. Kaufen wir uns ein Haus, eröffnen wir einen Laden, trinken wir Cocktails und tanzen auf hohen Schuhen. Also ich." Ich greife nach seiner Hand. „Luise, was stört dich so an unserem Leben?" „Das Klopapier." Ich zähle die Sekunden, die man peinliche Stille nennt. „Was genau willst du mir damit sagen?" Ich löse mich aus seiner Umarmung. „Siehst du! Du weißt nicht einmal, dass ich seit Tagen mit dem Klopapier im Nahkampf bin, du hast keine Ahnung, was mich nach New York treibt und dass wir blöde 500-Gramm-Dosen brauchen, weil du nie da bist. Immer nur in deiner Kanzlei. Du kriegst hier überhaupt nichts mehr mit!" „Wir waren doch erst vor kurzem noch im Gleichklang. Was ist dazwischen passiert?" „So ein bisschen Sex entschuldigt nicht alles. Was passiert ist? Du bist nie da!" „Bisschen Sex nennst du das? Echt jetzt? Ich war eigentlich sehr zufrieden damit." Ich atme tief durch. „Glaube mir, deine Formulierung klingt auch nicht besser." Marian schnauft laut. „Wenn ich hier nicht so viel arbeiten würde, dann könnten wir uns dieses Haus niemals leisten, deine Reise nach New York nicht und Carmens Champagner im Übrigen auch nicht. Was willst du von mir? Ich mache das für uns!" Dieser Satz in der Mitte hat mich jetzt ehrlich irritiert. „Warum bezahlen wir den Champagner von Carmen?" „Weil ich Flaschen bei ihr kaufe, wenn wir einen Fall gewinnen. Das passiert zum Glück sehr oft." „Du bist also ein Großkunde, wie Carmen es nennt. Was weiß ich noch nicht von dir? Und von Carmen?" Ich sehe, dass Marian ein paar Schritte auf mich zugeht, ich verschränke die Arme unter meiner Brust. „Schatz, bist du im Job frustriert? Dann ändere was. Meine Unterstützung hast du." Marian nimmt sich Zeit, um mir mal so richtig zuzuhören. Ich bin immer wieder fasziniert, was so ein bisschen zufriedenstellender Sex anstellen kann. Da muss ich mir gleich eine Runde Einfühlungsvermögen gönnen. „Ja, ich bin unglücklich im Job, ich hätte gerne etwas Eigenes, nach meinen Vorstellungen. Ich will mich nicht mehr mit einem Chef herumschlagen. Ich möchte gerne so einen Laden haben, weißt du noch, ich hatte schon früher diese Idee. Ich kaufe alte Vasen und Teller. Ich reise nach New York oder irgendwo hin und nehme all diese schönen Erinnerungen mit und verkaufe sie hier." Ich kuschle mich wieder richtig in die großen Arme meines Ehemannes hinein, der mir einen Kuss auf die Stirn drückt und ungewohnt sanfte Ratschläge hat. „Dann baue dir daneben etwas Neues auf." „Aber wie? Wenn die Kinder im Kindergarten sind, arbeite ich, wenn ich nicht arbeite, dann sind die Kinder daheim. Ich habe keine Zeit für nix. Allein duschen ist mein Hobby."

Ich löse mich aus Marians Umarmung, mein Kuschelmodus ist vorbei. Marian legt seine Hände auf meine

Hüfte. „Schatz, ich unterstütze dich. Ich zahle eine Nanny." Hat dieser Mann, mein Ehemann, der Vater meiner Kinder das jetzt wirklich gesagt? Kennt der mich kein bisschen? „Du gehst jetzt aber nicht davon aus, dass ich in Begeisterung ausbreche? Ganz ehrlich, darf ich dich was fragen? Warum hast du eigentlich Kinder?" Marian nimmt ein Glas aus dem Kasten und füllt Wasser ein. „Was soll das jetzt bitte? Warum unterstellst du mir, dass ich nicht weiß, warum ich Kinder habe. Das weiß ich sehr wohl, das muss ich dir echt nicht erklären. Luise, du schießt über das Ziel hinaus. Sag mir doch, was ist so schlecht an einer Nanny?" „Ich habe nicht gesagt, dass eine Nanny schlecht ist, aber ich würde mir wünschen, dass du auch mal sagst, hey, ich nehme dir die Kinder ab. Hin und wieder eine Nanny, das wäre sicher großartig für mich, aber hin und wieder der eigene Vater, na das wäre der Wahnsinn für die Kinder. Du willst dich wohl immer aus der Verantwortung ziehen, was uns als Familie betrifft. Dauernd geht es nur um deine Scheidungen. Hat Paula schon einen Wackelzahn? Weißt du es?" Marian stellt das Glas mit so einer Wucht hin, dass das Wasser überschwappt. „Das kannst du jetzt nicht ernst meinen? Ich bin jeden Tag in der Früh für die Kinder da, am Wochenende bin ich auch meistens da. Was willst du jetzt von mir? Soll ich meinen Job aufgeben, damit du in New York abhängen und nach Vasen suchen kannst?" Hektisch reiße ich meine Jacke von der Garderobe und suche nach dem Schlüssel, ich will keine Sekunde länger mit diesem Typen in diesem Haus sein. Ich hänge mir noch schnell den Schal um den Hals und werfe die Tür zu. Ich weiß, dass mir Marian nicht nachlaufen wird, das hat er noch nie gemacht. Eigentlich ein Wunder, dass wir immer wieder zueinander gefunden haben. In meiner Jackentasche suche ich nach einer Haube, weil es ziemlich kühl ist. Ich finde keine, aber was solls, das ist nicht das wirkliche Drama. Wir streiten, obwohl die Kinder bei der Oma sind. Versöhnungssex wäre jetzt vielleicht eine Option, aber perfektes Timing war noch nie mein Ding.

Aus Trotz und Prinzip gehe ich spazieren, auch mit kalten Ohren. Vielleicht schaffe ich es ja so nach New York. Ich höre eine schrille Stimme. „Frau Winter, neulich diese Party, ich muss Ihnen schon sagen!" Ich unterbreche Frau Hofmann. „Laut? Ja, ich weiß, kommt nicht mehr vor." Ich habe keine Lust auf weitere Diskussionen, so viel Drama braucht kein Mensch. Nicht einmal ich. Frau Hofmann schaut mich an. „Könnten Sie mir bitte tragen helfen, diese Kiste ist wirklich schwer und ich möchte sie zum Mülleimer bringen. Als Wiedergutmachung." Eigentlich wollte ich dieser Frau noch ordentlich die Meinung sagen, aber ich habe keine Nerven dafür. Ein Streit am Tag reicht. „Natürlich. Was ist denn da drinnen, wenn ich fragen darf?" „So altes Zeugs, das ich mal auf Flohmärkten gekauft habe. Mein ganzer Keller ist voll damit. Wenn Sie was brauchen, können Sie gerne mal aufräumen kommen." Frau Hofmann lacht, ich werde neugierig. „Ja klar, ich gehe gerne mal mit. Was ist denn in dieser Kiste?" „Vasen, Vasen, Vasen, einige von meinen Reisen, andere von Flohmärkten. Aber ich bekomme kaum Besuch und zum Abstauben brauche ich sie auch nicht auf den Kamin zu stellen."

Wie ein Film mit hunderten Effekten läuft meine Zukunft vor mir ab. Sollte ich mich irgendwann von Marian trennen, weil er so blöde Dinge sagt, dann brauche ich keine Vasen aus New York. Ich werde allein sein, wenn meine Kinder ausgezogen sind. „Frau Hofmann, haben Sie eigentlich Kinder?" „Ja, eine Tochter, sie lebt seit 10 Jahren in Australien. Ein Surfer hat es ihr angetan." Ich möchte sie umarmen, so leid tut sie mir und so sehr fürchte ich mich, dass mir das auch mal passiert. Natürlich wünsche ich meinen Kindern das allergrößte Glück dieser Welt, aber geht das nicht auch hier in München? „Wollen Sie die Vasen haben?" Ich weiß zwar jetzt nicht genau, warum sie ausgerechnet mir das alles schenken möchte, aber ich freue mich darüber. Vielleicht deswegen. „Ich schaue sie mir gerne mal an. Das sind wunderschöne Exemplare, die wollen Sie mir wirklich geben? Vor allem die da, diese Farbkombination aus Gelb und Blau, traumhaft schön ist sie." „Sie können Sie haben, sie erinnert mich an eine wunderbare Reise mit meinem Mann, mit meiner Tochter. Wie gern waren wir unterwegs, haben die Welt bereist, Neues entdeckt. Und wenn ich dann durch das Haus gegangen bin, dann habe ich mich an diese schönen Momente erinnert. Es war jedes Mal ein bisschen wie ein Kurzurlaub." Ich schaue sie an als hätte ich Carmens Champagner Lager ausgetrunken. „Schöner hätte ich das nicht ausdrücken können." Mein Laden wird „Frau Hofmanns Kurzurlaub" heißen, sollte ich irgendwann einen haben, das hier ist eindeutig ein Glücksfall, egal was ich damit anstelle. Es ist eindeutig ein Zeichen, wenn man daran glauben möchte. Und das tue ich gerade. Ich kann nur grinsen, ich kann einfach nicht aufhören. Ich werde bald ganz viel Champagner trinken müssen, um das hier zu verdauen. Aber zuerst muss ich dem Chef sein Klopapier in den Allerwertesten stecken. Und Marian werde ich beweisen, dass ich keine Nanny brauche. Ja, ihn auch nicht. Ich, Luise Winter, ich werde meinen Weg allein gehen. Wohin auch immer.

Frau Hofmann unterbricht mich in meinen Gedanken. „Wollen Sie noch mit in den Keller? Ich helfe Ihnen natürlich, das ganze Zeug zu tragen. Zu ihrem Haus." Mein Handy klingelt, auf dem Display steht Kindergarten, ich hebe ab. „Frau Winter, Fabian hat sich dreimal übergeben, Paula schaut auch nicht gut aus. Da dürfte es auch bald passieren. Ich tippe auf eine Magen-Darm-Grippe. Können Sie bitte die Kinder so schnell wie möglich abholen?" „Na klar!" Ich lege auf und schaue Frau Hofmann an. „Meine Kinder sind krank. Ich muss los. Tragen wir die Vasen bitte noch schnell zu mir ins Auto? Ich kann gerade nicht in das Haus." „Was ist passiert? Brauchen Sie den Schlüsseldienst?" Wenn der meine aktuellen Probleme löst, dann nur her damit. „Frau Hofmann, es ist ein bisschen komplizierter, ich möchte Marian nicht bei der Arbeit stören. Er hat gerade einen kniffligen Scheidungsfall vorzubereiten. Ich muss jetzt dringend meine Kinder holen. Danke für die schönen Sachen." Ich hüpfe in das Auto und steige auf das Gaspedal, genauso schnell fällt mir auch ein, dass Marian gerade auf dem Weg zum Flughafen sein muss. Ein Scheidungsseminar in Paris. Wir haben uns nicht versöhnt. Ich bin allein mit den Kindern. Ich habe ehrlich nicht übertrieben. Allein Duschen ist mein Hobby.

Zwei grüne Tassen mit Flamingo

Im Kindergarten wartet man schon sehnsüchtig auf mich, die Kinder haben sogar schon die Ersatzwäsche schmutzig gemacht. Ich schnappe mir meine armen Babys und setzte sie ins Auto. Ich fahre so vorsichtig wie möglich um die Kurven, damit kein weiteres Malheur passiert. Ich könnte es verstehen, wenn mich jetzt ein Polizist anhält und mich fragt, ob ich mein erstes Fahrtraining absolviere. Aber hey, ich habe einen wirklich heiklen Transport am Rücksitz und keine Ersatzwäsche mehr. Das ist ein Notfall. Dankbar, dass das Auto sauber geblieben ist, stelle ich es vor unserem Haus ab. Die Kinder gehen freiwillig in ihre Betten, okay, das macht mir wirklich Sorgen. „Ich mache euch einen Tee. Ich komme gleich wieder." Ich laufe die Stiegen hinunter und gieße Wasser in den Teekocher. Diese Minute nütze ich, um meine Mails zu lesen. „Luise, ich muss schon sagen, dein Konzept ist wirklich großartig. Du brauchst zwar immer, bis du mal in die Gänge kommst, aber es zahlt sich immer wieder aus, auf deine Motivation zu warten. Ich habe noch die eine oder andere Sache geändert, ich hoffe, es stört dich nicht, aber ich habe es dem Auftraggeber bereits geschickt. Klaus." Ich starre den Bildschirm an. Wenigstens einmal hätte er mir die Endversion zeigen können, wenigstens einmal hätte er nur Danke sagen können. Ich ärgere mich, aber ich habe jetzt echt keine Lust, ihm eine Antwort zu schicken. Wenigstens brodelt der Teekocher, ich hole zwei Kamillenteebeutel aus der Lade und stecke sie in Tassen. Zwei grüne Tassen mit Flamingo. Ich will keinen Streit zwischen ihnen riskieren, weil diese armen Babys wirklich schwach sind. Ich habe nicht die geringste Ahnung, wo sie sich diese Magenverstimmung geholt haben. Ich tippe auf den Kuchen. Wie immer verpasst Marian die Party. Der ist jetzt sicher schon im Flieger und schreibt kein einziges Mal. Ich auch nicht, das ist mir bewusst, aber ganz ehrlich, er hat das Land verlassen. Fortbildung für Scheidungsanwälte in Paris. Hoffentlich kein Praxisseminar. Ich weiß nicht, was man da noch dazu wissen muss. Aus ist Aus. Traurig ist es immer. Ich gieße das heiße Wasser in die Tasse und spüre den kalten Schauer, der über meinen Rücken kriecht. Hoffentlich kommt er nicht auf blöde Ideen. Ich höre mein Handy, Marian hat geschrieben. „Ich bin gut angekommen. Falls es dich interessiert." Ich antworte nicht, weil es mich noch immer ärgert, dass er nur für seine Kinder da sein möchte, wenn er zufällig Zeit hat. Sonst soll eine Nanny seinen Job machen. Obwohl ich jetzt ehrlich gesagt ganz froh wäre, wenn wir eine Nanny hätten. „Mama, ich muss mich übergeben!" Ich laufe die Treppen hinauf und hole den Eimer aus dem Badezimmer, aber Fabian kann nicht mehr warten. Während ich aufwische, frage ich mich, was ich mir dabei gedacht habe, dass ich irgendwann einen eigenen Laden besitzen möchte. Ich sollte froh sein, dass ich mit Klopapier arbeiten darf. Der Chef hat mir fünf Testpakete und zwei Küchenrollen vom Auftraggeber mitgegeben. Die kann ich jetzt gut gebrauchen. Es läutet an der Tür. Vielleicht will mich die Polizei dieses Mal ja mitnehmen. „Kinder, ich gehe schnell mal an die Tür. Fabian, halt jetzt bitte den Kopf über den Kübel. Da musst du hineintreffen. Siehst du es?" Ich laufe die Treppe hinunter, reiße die Tür auf und schaue in Frau Hofmanns Gesicht. „Hier für Sie, ich habe die schönsten Vasen rausgesucht. Geht es den

Kindern besser?" „Äh Danke, das ist aber wirklich nett! Ich würde Sie sehr gerne ins Haus bitten, aber ich fürchte, wir sind gerade nicht gesellschaftsfähig." „Wenn Sie etwas brauchen, dann sagen Sie es gerne. Ich kann auch einkaufen gehen." „Das ist wirklich sehr nett! Danke!" Ich stelle die Box mit den Vasen auf den Boden und schließe die Tür. Diese Frau Hofmann, zuerst schickt sie mir die Polizei, jetzt Vasen. Ich gehe in die Küche und hole den Kamillentee. Ich spüre ein flaues Gefühl im Magen, das darf jetzt bitte nicht wahr sein? Ich muss rennen, damit ich es noch zu der Toilette schaffe. Mist, es ist also nicht der Kuchen, ein Magen-Darm-Virus leistet uns Gesellschaft. Chaos ist kein Ausdruck. Ich krieche zu Paula unter die Decke und starre Prinzessin Elsa an. Ob die wohl auch jemals solche Probleme hat? „Mama, ich glaube, wir müssen jetzt den Papa anrufen. Oder?" „Nein, das müssen wir nicht. Wir schaffen das allein, sonst liegt er dann auch noch neben uns."

Das ist natürlich nicht die Wahrheit. Ich möchte Marian auf keinen Fall um Hilfe bitten, sonst schickt er mir eine Nanny. Das wäre dann unser Scheidungsgrund. Allerdings nicht die klassische Variante. Irgendwie hat es mich immer schon interessiert, wie viel er wirklich als Scheidungsanwalt drauf hat. Vielleicht redet er immer nur groß, dass er der Mister Scheidungsanwalt für alle Fälle ist. Um das herauszufinden, müsste ich das leider bei mir selbst testen. Das lasse ich lieber aus. „Mama, ich glaube, ich habe 200 Grad Fieber." Ich auch, ich habe schon Wahnvorstellungen. Es piepst. Das ist mein Handy. Mit letzter Kraft schleppe ich mich die Stufen hinunter. „Schatz, lass uns reden. Das ist doch echt öd, dass wir streiten." Marian kommt zuerst auf mich zu. So richtig. Nicht mit so einer kindischen Nachricht wie vorhin. Ein Ereignis mit Seltenheitswert. Normalerweise bin ich diejenige, die es nicht allzu lange aushält, ohne ihn zu sein. Eigentlich muss er nie etwas tun, damit wir uns wieder versöhnen, weil ich immer den ersten Schritt mache. Meine Ungeduld macht verlässlich ihren Job. Nur dieses Mal war er schneller, unsere Magen-Darm-Party war schuld. Ich beginne zu weinen, die Tränen rinnen immer heftiger meine Wangen hinunter und tropfen auf mein Handy, hektisch suche ich nach einem Taschentuch und werfe mein Handy hinunter. Verschwommen sehe ich wie dieses kleine Teil auf den Boden knallt und das Display zersplittert. Ich war von Anfang an gegen einen Fliesenboden in der Küche. Jetzt kann ich Marian nicht einmal mehr antworten. „Mama, der Fabian kotzt schon wieder!" Ich hole tief Luft und brülle hinauf. „Kübel, ich sage nur Kübel. Ich gehe mal schnell zu Frau Hofmann!" Ich weiß, die Kinder allein zu lassen, das tut man nicht, aber ich habe jetzt echt keinen anderen Plan für die nächsten fünf Minuten. Ich gehe ins Badezimmer, um mir die Zähne zu putzen, der Blick in den Spiegel sagt, so kannst du nicht außer Haus gehen. Das ist definitiv einer dieser Momente, wo garantiert jemand vor dir steht, den du Jahre nicht gesehen hast. Nö, das spare ich mir und passe lieber selbst auf meine Kinder auf.

Ich gehe in die Küche und schaue durch das Fenster, vielleicht steht Frau Hofmann in ihrer Küche, vielleicht schaut sie dann in dieser Sekunde zu mir herüber und hat vielleicht auch noch ihre Brille auf, um vielleicht mein Winken zu erkennen. Möglicherweise kommt das Wort vielleicht zu oft vor, aber die Chance lebt. Gut erkennbar stelle ich mich zur Küchenspüle und warte auf meinen großen Auftritt. Ich stehe sicher schon zwei Minuten da, aber nichts passiert. Wann macht sich die mal einen Tee? Mich verlässt die Hoffnung, da entdecke ich Frau Hofmann. Ich winke, springe, winke und springe, aber nichts passiert. Vielleicht muss ich höher rauf? Ich klettere auf die Spüle und öffne das Fenster. Ich reiße die Arme in die Höhe und kippe nach vorne. Das war wohl zu viel Körpereinsatz. Ich lande im Schnee, mit dem Gesicht nach unten. Ein Schnee-Engel nach meiner Art. Ich höre ein Fenster und eine Stimme. „Kindchen, was machen Sie denn da?" Ich spucke den Schnee aus. „Eisschwimmen. Soll abhärten." „Zum Glück ist das nicht tief. Was wollten Sie denn da am Fenster?" „Meinen Kindern zeigen, wie gefährlich das sein kann. Um ehrlich zu sein, ich wollte, dass Sie mich sehen. Ich brauche ihre Hilfe." Vielleicht klingt das dramatischer als es ist, aber hey, ich bin eine Frau ohne Handy. „Könnte ich bitte kurz bei Ihnen telefonieren? Ich muss Marian anrufen." „Natürlich! Ruhen Sie sich kurz aus, ich kann ja mal nach den Kindern schauen." „Aber Sie wissen schon, dass wir da so ein Magen-Darm-Dings haben?" „Ich kann mit ihnen ja durch die Tür reden." „Das klingt nach einem Plan. Wenn ich in ihrem Haus bin, wenn Sie nicht da sind, kann ich Sie auch nicht anstecken." Ich klopfe mir den restlichen Schnee von der Seele und fürchte mich vor dem Telefonat mit Marian. Frau Hofmann lässt mich bei der Tür rein, ich habe noch eine ·Bitte. „Könnten Sie den Kindern noch einen Kamillentee machen? Stellen Sie bitte die grünen Tassen mit Flamingo vor die Kinderzimmertür."

Sowas von fix eine Nanny

Eine einzige Nummer weiß ich auswendig. Genau, es ist die von Marian. Offenbar habe ich für diesen einen Moment gelebt. Denn ich weiß die Nummer! Ich wähle sie und bin erleichtert, dass ich Marians Stimme höre. Denn wer weiß, es hätte ja sein können, dass ich jahrelang die falsche Nummer im Kopf hatte. Zugegeben, das wäre eindeutig besser als der falsche Ehemann. Aber ich habe die richtige Nummer und den richtigen Mann. Etwas zu laut rufe ich in den Hörer. „Irgendwie dachte ich, dass du ganz weg bist." Ich spüre wie mir die Tränen hochsteigen, mir wird ja nicht viel schnell klar, aber das holt sogar mich ein. Und schon fließen die Niagarafälle auf meine Socken. Ich liebe diesen Mann, auch wenn er mich oft um den Verstand bringt. Leider nicht auf diese Art und Weise wie ich es mir wünschen würde, mit Romantik und anzüglichen Dingen, aber trotzdem liebe ich ihn. Manchmal kann ich jetzt auch nicht mehr wirklich unterscheiden, ob es die Gewohnheit ist oder die verträumte Vorstellung von dieser Sache mit dem Lebenspartner. „Luise? Bist du noch dran?" Ich drücke mein Ohr an den Telefonhörer, um Marians Stimme deutlicher zu hören. „Ja, ich bin noch da. Ich bin ein bisschen durcheinander, weißt du, wir haben noch nie nach einem Streit so lange nicht miteinander geredet. Ich hatte echt Angst, dass wir uns vielleicht trennen. Du bist immerhin auf einem Seminar für Scheidungen." Eigentlich sage ich das mehr zu mir als zu ihm. „Also so lange bin ich jetzt auch wieder nicht weg. Ich bin angekommen, hatte sofort ein Seminar, war essen, hatte Gespräche. Das war mega anstrengend. Ich habe so ein irres Pensum, muss Deals aushandeln, so ist das bei Scheidungen, die unser Leben finanzieren. Übrigens. Du hattest sicher auch etwas zu tun. Das ist doch jetzt kein Drama. Ich habe mich doch eh sofort gemeldet. Du hast dich auf meine erste Nachricht nicht gemeldet. Das ist mir sehr wohl aufgefallen, aber mache ich eine Affäre daraus?" Ich wische meine Tränen weg, um der Wut Platz zu machen. Dieses Wechselspiel, ich kann das, oscarreif. „Du hast meine Träume nicht ernst genommen, hast dich dann nicht mehr gemeldet. Und jetzt ist es kein Drama? Weißt du, was hier los ist? Die Kinder und ich sind krank. Du kriegst ja überhaupt nichts mit." „Aber dann war es deine Entscheidung, mir das nicht mitzuteilen. Du weißt, ich bin etliche Kilometer von dir entfernt. Du hättest mich ja anrufen können." Meine Wut und meine Tränen treffen sich mit voller Wucht, wie auf einem Spielfeld überschreiten sie die Linie und prallen so hart aufeinander, dass es sie zu Boden wirft und meine Tränen fließen lässt. Meine Nase beginnt zu rinnen, eine Überschwemmung ist möglicherweise nicht mehr zu verhindern. Ich lasse den Hörer los und suche hektisch ein Taschentuch. Da fällt es mir wieder schlagartig ein, dass die Kinder bei Frau Hofmann sind. Oh mein Gott, ich sollte nach ihnen sehen, ich kenne diese Frau doch gar nicht, ich weiß nicht, was sie mit meinen kleinen Babys anstellt. Marian brüllt mir in das Ohr. „Luise? Was ist mit dir?" „Ich habe jetzt eine Nanny. Du kannst dich jetzt komplett aus der Verantwortung ziehen. Ist das nicht genial?" „Was heißt, du hast eine Nanny?" „Frau Hofmann passt jetzt auf die Kinder auf." „Die verrückte Nachbarin, die uns die Polizei geschickt hat? Das kannst du doch nicht ernst meinen." „Und wie ich das ernst meine! Und noch etwas. Sie wird mir beim Laden helfen." Zugegeben, das ist mir erst in dieser Sekunde eingefallen und es fällt wohl in die Kategorie Trotzanfall einer 6-Jährigen, aber ich bin wirklich wütend. Abgesehen davon, ist das gar keine schlechte Idee, die mir da spontan eingefallen ist. Frau Hofmann könnte sicher Abwechslung gebrauchen, ich werde ihr das bei nächster Gelegenheit vorschlagen. Das könnte gut werden, wenn sie wirklich auch nur annähernd so ist, wie ich sie mir vorstelle. Mal abgesehen von dieser dämlichen Polizeiaktion und dem Verdacht, dass sie meinen Kindern etwas antun könnte, aber man sollte ja prinzipiell an das Gute im Menschen glauben. Oder etwa nicht? Marians Stimme kommt aus dem Hörer. „Bei welchem Laden? Ich bin noch keine 48 Stunden weg. Sag mal, was treibst du da eigentlich? Luise?" „Was ich treibe? Endlich mache ich mal etwas für mich. Viel Erfolg bei deinem Scheidungs-Seminar. Ich muss jetzt mal die Nanny ablösen."

Ich lasse den Hörer auf die Gabel fallen, wir haben so ein Teil gar nicht mehr in unserem Haus. Wie lange habe ich eigentlich schon kein richtiges Telefon mehr benützt? Sicher vor der Geburt meiner Kinder. Und so lange habe ich nichts Neues mehr angepackt. Ich habe Marian verlässlich den Rücken freigehalten, damit er sich hier als Erhalter aufspielen kann. Ich liebe meinen Mann, ich kann mich noch gut daran erinnern, wie er vor dieser ganzen Sache mit dem Erwachsensein war. Er war der Typ, der mit bedruckten Shirts, die mir meistens peinlich waren, den ganzen Tag lieber mit mir herumalbern wollte, als für die Universität zu lernen. Das habe ich so an ihm geliebt, diese kindliche Anhänglichkeit, dieses in den Tag hineinleben und dabei ganz genau zu wissen, dass er seine Zeit in diesem Augenblick verschwendet. Er hätte lernen sollen, sein Leben formen, aber er wollte lieber mit mir sein, mich umarmen, mir zuhören und mit mir schlafen. Heute ist er ein Mann, der es sich zur Aufgabe gemacht hat, all seine Handlungen möglichst erwachsen auszuführen. Er ist jetzt der Typ Mann, der Karriere macht und für den seine Familie die rote Schleife drumherum ist. Die kann er sich um den Hals hängen, ich bin raus aus dem Schleifen-Business. Ich ziehe mein Ding durch. Ich richte meinen Körper auf, voller Stolz gehe ich aus dem Haus. Entschlossen werfe ich die Tür zu und zucke zusammen. Der Schlüssel steckt innen. Nicht Schleifen, sondern Schlüssel machen mir jetzt Probleme. Frau Hofmann, die wird jetzt sicher nichts mehr mit mir zu tun haben wollen. Also von wegen, ich habe jetzt sowas von fix eine Nanny.

Klassiker mit einem Hauch Risiko

Ich schaue auf die Bettwäsche von Fabian, ich muss die dringend wechseln, denn Winnie Puh sieht ganz schön mitgenommen aus. Ich öffne die Lade und suche neue Bettwäsche. Spiderman und Batman schauen mich an. Die haben wohl mehr Geduld als ich, denn ich war jetzt schon ziemlich genervt von dieser ganzen Magen-Darm-Sache. Gottseidank ist sie jetzt erledigt. Ich allerdings auch. Was soll man da auch schönreden? Marian hat echt keine Ahnung, wie anstrengend es manchmal sein kann, trotz dem Bonusprogramm unbändiger Liebe. Die Tür fällt zu, ich nehme Batman aus der Lade, ziehe ihn über die Bettdecke und schüttle ihn aus. „Ist jemand daheim?" Ich höre diese kleinen Füße, die zu ihrem Vater laufen. „Danke, danke, Papa!" dringt an mein Ohr. Ich möchte nicht undankbar sein, aber wer sagt eigentlich zu mir danke, weil ich den Kübel ausgeleert und den Boden geschrubbt habe. Ich höre die Schritte von Marian, die sich über die Stiegen auf den Weg zu mir machen. Er drückt mir einen Kuss auf. „Auch dir habe ich etwas mitgebracht!" Ich werfe Batman auf das Bett. „Ist es so umwerfend, dass ich nicht mehr auf dich sauer sein kann?" „Siehst du, wir regeln unsere Diskussionen erwachsen. Wir streiten nicht mehr ewig wegen einer Meinungsverschiedenheit." „Ich streite jetzt nicht mit dir, weil ich zu müde bin und weil ich mein Geschenk haben möchte." „Sehr erwachsen. Sage ich ja! Bitte sehr!" Oh, diese Schleife drumherum, mit Genuss reiße ich die ab. Er schenkt mir ein wunderschönes Armband. Ich nehme es aus der Schachtel und Marian legt es mir an. Ich umarme ihn. „Danke! Aber ich muss dir leider sagen, dass sich die Nanny-Diskussion nur ein klitzekleines bisschen verzögert." „Oh, hätte ich dir noch eine Kette kaufen sollen?" „Damit hättest du dir wohl noch eine Woche erkaufen können. Und wenn du willst, dass ich unser Leben ganz allein schupfe, dann kauf mir doch ein Auto aus Gold." „Ich schätze mal, das ist der Punkt, an dem ich bemerken sollte, dass du immer noch ein kleines bisschen sauer bist?" „Mein kluger Ehemann. Mein Grant glitzert."

„Mama, Fabian hat die Wand angemalt. Mit blauer Farbe!" Marian geht zur Stiege. „Ich gehe zu ihm. Wenn ich schon mal da bin, kann ich mich auch nützlich machen." Ich rufe ihm nach. „Ich weiß, dass das ein Scherz war, aber ein schlechter!" „Du bist so klug, es ist nicht auszuhalten." „Deswegen bist du nie daheim!" Ich hole den Bezug für das Kopfkissen aus der Lade. Ich bin ehrlich froh, dass wir trotz dem Alltagswahnsinn und unseren klitzekleinen Streits mit Glitzer noch immer miteinander scherzen können. Ich höre Marian, wie er mit Fabian diskutiert. Das ist jetzt auch wirklich wichtiger, denn für einen Streit bin ich sowieso zu erledigt. Ich lege das Kopfkissen auf das Bett und verlasse das Kinderzimmer, um ins Schlafzimmer zu gehen. Ich freue mich darauf, fünf Minuten für mich zu haben. Erst eine Stunde später kommt Marian zu mir ins Bett. „Die Kinder schlafen." Ich lege meinen Kopf auf seine Schulter. „Gut gemacht. Danke!" „Wollen wir unsere Diskussion weiterführen oder wollen wir uns näherkommen?" „Wir könnten uns durch die Diskussion näherkommen. Was meinst du?" „Wie jetzt?" „Naja, ich sage dir, wie es mir geht und du erzählst mir, wie es dir geht." Marian setzt sich auf. „Ich dachte an Sex." „Denk nicht mal dran. Ich bin echt müde, aber hör mir zu, in mir brodelt es, es wird immer stärker und ich habe das Gefühl, dass ich etwas ändern muss." „Sex könnte da helfen." „Marian, diese Sache mit der Nanny. Du wolltest dich damit freikaufen. Das enttäuscht mich, wenn ich einmal über meine Bedürfnisse rede, dann denkst du nicht darüber nach, wie du mich unterstützen könntest. Nein, du holst gleich Hilfe von außen." „Was ist schlecht daran? Und bitte erwarte nicht von mir, wenn du von Spaziergängen in New York redest, dass ich in der Sekunde eine passende Lösung parat habe. Das ist unfair." Ich schaue auf das glitzernde Armband, ich meine, das ist wirklich eine Entschuldigung mit Stil, aber trotzdem, ich muss über seine Art nachdenken. Ich spüre Marians Ungeduld. Er fährt mich an. „Schmollst du jetzt? Warum antwortest du mir nicht?" Ich löse meinen Blick vom Armband und schaue ihn an. „Ich habe nach einer passenden Antwort gesucht. Die habe ich nicht sofort parat. Weißt du? Marian, wir drehen uns im Kreis. Wie beim Donauwalzer." „Ich bin kein guter Tänzer. Ich sage ja nicht, dass du deine Zukunft nicht gestalten sollst, aber bitte überlege dir, wie du das schaffen möchtest. Ich bin rund um die Uhr im Einsatz, um die Gegenwart im Griff zu haben. Ich kann jetzt nicht an die Zukunft denken. Ich weiß jetzt ehrlich nicht, wie ich dich da unterstützen soll. Es überfordert mich. Tut mir leid. Das heißt aber nicht, dass ich dir im Weg stehe, wenn du etwas verändern willst." „Natürlich tust du das! Das weißt du auch. Wenn es dich überfordert, muss ich mir den Weg allein freischaufeln. Beschwere dich dann aber nicht, wenn ich dich nicht über jeden Schritt informiere. Du weißt schon, dass du das klassische Modell Ehemann bist?" „Was hast du gegen Klassik? Deswegen hast du mich doch geheiratet? Du wusstest genau, dass man mit mir die Haus-Baum-Kind-Nummer durchziehen kann." „Aber irgendwie hätte ich gerne einen Klassiker mit einem Hauch Risiko."

High Heels mit Zahnpasta

Es ist 7 Uhr. Ich sitze schon vorm Laptop. Marian richtet die kleinen Racker für den Kindergarten her. Wohl seine Art, sich bei mir zu entschuldigen oder mir Unterstützung anzubieten. Das nehme ich doch gerne an, da bin ich großzügig. Ich öffne mein Mailprogramm und sehe schon das Mail von meinem Chef. „Luise, hast du eigentlich vor, auch mal wieder im Büro zu erscheinen? Die Klopapier-Sache war ja gut, aber neue Projekte warten auf dich im Büro. Wir brauchen dafür eine Besprechung, aber bitte nicht im Homeoffice."

Dieser Chef, diese neuen Projekte. Was ist es diesmal? Ich will es gar nicht wissen, ist es diesmal Zahnpasta für strahlend weiße Zähne, die dir den Weg ausleuchten oder Schuhpaste für den glänzenden Auftritt? Es nützt nichts, solange ich meinen Laden nicht habe, muss ich diesen Job behalten, wenn ich mich Marian nicht ganz ergeben möchte. Natürlich könnte er meinen Anteil mitbezahlen, das würde er nicht einmal spüren, aber ich möchte ihn nicht fragen müssen, ob ich mir diese Schuhe kaufen kann. Ich will mir nicht einmal eine Diskussion darüber vorstellen. „Du hast doch schon mindestens 100 Paar High Heels, wozu brauchst du die denn jetzt noch?" „Weil ich sie schön finde, weil sie ein besonderes Modell sind, weil eine Frau niemals genug Schuhe haben kann." „Aber wann ziehst du diese Dinger überhaupt an? Ich sehe dich nie damit. Gehst du nachts heimlich aus, wenn ich schlafe?" Auf solche Diskussionen habe ich keine Lust, sie würden mich ständig daran erinnern, dass ich nachts wirklich gerne ausgehen würde, mit ihm, nicht wissend, was diese Nacht bringen wird. Wie schön wäre das, wie unwahrscheinlich ist das mittlerweile, weil wir uns wirklich selten Zeit für uns nehmen. Wir haben uns das nicht einmal vorgenommen, es passiert einfach nicht. Und ganz ehrlich, ich möchte nicht den letzten Hauch Romantik unserer Beziehung damit ruinieren, dass ich ihn fragen muss, ob er mir Geld für High Heels gibt. Da verbringe ich meine Tage lieber mit Zahnpasta und Klopapier. Deswegen sollte ich meinem Chef antworten. „Hi, ich sollte mal wieder auftauchen, das stimmt. Ich ziehe mich schnell an und komme zu dir. Ich bin schon sehr gespannt auf die neuen Projekte. Bis gleich."

Eine Notlüge, die seine Berechtigung hat. Dann werde ich mal wieder ins Büro gehen. Ich schaue mich an, ich trage eine Skinny Jeans und ein blaues Shirt. Damit bin ich gesellschaftsfähig. Ich gehe zu meinem Schuhkasten und hole High Heels raus. Ja, die werde ich heute tragen. Ich trage noch einen roten Lippenstift auf, was ich selten mache, Carmen macht das jeden Tag. Da fällt mir auf, dass sie sich schon lange nicht mehr gemeldet hat, ich hoffe, ich muss mir keine Sorgen machen. Auf dem Weg ins Büro rufe ich sie gleich im Auto an. „Hi Süße, ist alles okay?" „Ja, ich habe dich nicht erreicht! Du hattest ja irgendwie kein Handy. Ich habe Marian angeschrieben, dass er dir sagen soll, dass ich für ein paar Tage in Paris bin." Ich steige etwas zu fest aufs Gas, der Strafzettel geht an Carmen. „Du warst wo? Und du schreibst mit Marian? Meinem Ehemann?" „Äh, ja, ich verstehe die Frage nicht. Ich habe dich nicht erreicht, habe mir Sorgen gemacht und habe ihn angeschrieben. Er hat mir dann gesagt, dass du ohne Handy bist und er in Paris auf irgendeinem Seminar." „Was hast du in Paris gemacht?" „Was genau soll dieser vorwurfsvolle Ton? Du glaubst doch nicht etwa?" „Ich glaube gar nichts. Okay. Gar nichts." „Warum verhältst du dich dann so komisch? Ich habe garantiert nichts mit deinem Mann. Verstanden. Gar nichts. Und ich muss schon sagen, das ist seltsam, dass du mir das zutraust." „Das habe ich doch mit keinem Wort gesagt." „Luise, bitte, dein Ton verrät deine Gedanken! Ich hatte Lust auf eine Großstadt und habe Champagner ausprobiert. Es würde mir guttun, mal etwas Neues ins Sortiment zu nehmen." „Das hört sich aber sehr danach an, dass du meinen Ehemann ausprobiert hast. " „Du traust mir das wirklich zu? Das Wesen einer besten Freundin ist es doch, wenn die nicht erreichbar ist, dass man sich bei gemeinsamen Freunden erkundigt, ob alles okay ist. Und Marian ist unser gemeinsamer Freund. Ich bin ehrlich entsetzt, dass du mir das zutraust." „Ich weiß jetzt selbst nicht, was ich glauben soll. Es tut mir wahnsinnig leid, ich weiß, ich sollte dir so etwas nicht zutrauen, aber ich bin verwirrt. Mehr wegen Marian und nicht wegen dir. Ich habe das Gefühl, ich habe irgendwie die Verbindung zu ihm verloren." „Siehst du, solche Dinge solltest du mit mir besprechen und nicht schwachsinnige Vermutungen anstellen. Süße, du musst ziemlich durch den Wind sein, wenn du so etwas wirklich glaubst." „Damit magst du Recht haben. Irgendwie kann ich mir das auch nicht vorstellen, also eigentlich überhaupt nicht. Willst du vorbeikommen, wenn die Kinder im Bett sind? Ich muss jetzt aufhören, ich muss ins Büro." „Das klingt nach einem Plan. Du verschwendest jetzt bitte wirklich keinen Gedanken mehr daran. Okay?" „Okay." Ganz so einfach ist das zwar nicht, aber gut, sie ist meine beste Freundin, ich vertraue ihr. Wenn ich so darüber nachdenke, ich kann mir das wirklich nicht vorstellen, dass sie mir so etwas antun würde. Ich kann jetzt sowieso nicht weiter über die wichtigen Fragen im Leben nachdenken, ich muss ins Büro.

Ich sehe Klaus schon aus der Ferne in seinem Glaskobel auf und ab gehen, entspannt wirkt der nicht. Ich hoffe, es hat nichts mit mir zu tun. Ich öffne die Tür, Klaus begrüßt mich mit einem schrillen Ton. „Da bist du ja endlich. Gleich ist etwas anderes." Okay, es hat natürlich etwas mit mir zu tun. Da helfen selbst die High Heels nichts. „Ich bin ja schon da! Beruhige dich! Was ist jetzt das neue Projekt?" „Projekte! Es sind einige Projekte, Luise! Wärst du öfter hier, dann wüsstest du das!" „Ich bin in Elternteilzeit, du weißt schon. In Kombination mit Homeoffice, was soll ich sagen. Einen Meldezettel für dein Büro brauche ich nicht." „Also. Wir haben einen neuen Auftrag, ich denke, du solltest dich darum kümmern." „Was ist es dieses Mal?" „Zahnpasta." Mir entfährt ein lautes „Ha, ich wusste es!". „Was?" „Ich habe nur darauf gewartet." „Na, sehr gut. Hier ist deine Mappe mit allen Infos, hier ist eine Schachtel Zahnpasta. Putz dir die Zähne damit und fühle dich rein!" Ich nicke und verlasse das Büro, Henry pfeift mir nach. „Hey, diese High Heels solltest du öfter tragen." Ich gehe zu seinem Schreibtisch. „Ich packe das nicht mehr. Wirklich nicht. Jetzt habe ich die Zahnpasta ausgefasst. Ich trage High Heels mit Zahnpasta." Henry legt seine Füße auf den Schreibtisch. „Schätzchen, es könnte dich schlimmer treffen. Ehrlich! Du hast sexy Klopapier hinter dir! Aber wenn es so hart für dich ist, dann schlage ich eine Champagner-Tröstaktion mit Carmen vor." Ich setze mich zu ihm an den Tisch und lasse die High Heels von den Füßen fallen. „Ach Carmen, sie war in Paris während Marian auch dort war. Ich weiß nicht, was meinst du?" Henry springt auf. „Du glaubst das doch nicht wirklich? Nichts gegen deinen Mann, aber der ist fix nicht ihr Typ. Und Carmen würde dir so etwas niemals antun. Das kannst du mir glauben." Ich atme tief aus und werfe einen Blick zu meinem Chef, der wieder wie ein Löwe im Gehege auf und ab geht. Ich will gar nicht wissen, was ihn diesmal stresst. Ich atme tief aus. „Ja, Carmen würde mir das niemals antun. Und Marian?" „Marian auch nicht. Das weißt du." „Woher weiß ich das? Wir reden in letzter Zeit kaum mehr miteinander. Er hängt dauernd im Büro ab. Er hat mir nicht einmal erzählt, dass Carmen ihm ein SMS geschrieben hat." „Ich glaube, wir brauchen hier dringend Champagner. Ich schaue mal, ob wir noch einen eingekühlt haben." Ich halte ihn am Arm zurück und flüstere. „Ich kann jetzt unmöglich hier Champagner trinken. Der Chef killt mich. Ich muss jetzt sowieso die Kinder vom Kindergarten holen und über Zahnpasta nachdenken." Henry setzt sich hin. „Wie du meinst. Vergiss diese Gedanken wieder! Denk nicht einmal eine Sekunde daran. Versprichst du mir das?" „Ja, schon gut! Ich sollte vielleicht wieder einmal so richtig Zeit mit Marian verbringen, ihn wieder spüren, ein Gefühl für uns entwickeln. Ich muss los, die Kids warten." „Das klingt nach einem Plan." Ich schlüpfe in die High Heels und nehme meine Schachtel mit Zahnpasta. Ich stöckle über den Asphalt, meine Zehen fühlen sich so zerquetscht wie Zwetschken am Boden an. Was habe ich mir dabei gedacht, diese Dinger heute anzuziehen? Ich habe wirklich die Balance für mein Leben verloren. Ich trage High Heels mit Zahnpasta.

Suppen-Kochtopf Deluxe

Es läutet an der Tür. Die Kinder liegen schon im Bett, die sind echt erledigt, na gut, das war ein wirklich toller Nachmittag am Spielplatz. Es läutet noch einmal. Das muss Carmen sein, die denkt einfach nie daran, erst dann, wenn ich ihr einen vorwurfsvollen Blick zuwerfe. Ich öffne die Tür und muss diesmal gar nichts tun. Schade eigentlich, ich wollte mein Mimik-Repertoire erweitern. „Ach Mist! Es tut mir so leid, ich habe vergessen, dass du Kinder hast." „Willkommen in meiner Welt. Hin und wieder vergesse auch ich diesen Umstand. Komm rein! Hast du Champagner mit?" „Natürlich, was glaubst du denn?" Ich beobachte Carmen wie sie ihren wunderschönen blauen Mantel auszieht und ihre rote Mütze von ihren wilden Locken zieht. Sie ist einfach bezaubernd, da kann man nicht meckern, das kann man nicht übersehen. Auch Marian nicht. „Hier ist Champagner. Er ist aus Paris. Du musst ihn mit mir testen, ob ich ihn in mein Leben lassen soll. Hol zwei Gläser! Wo ist eigentlich Marian, es ist 20 Uhr." „Der muss über irgendwelchen Akten brüten, ein besonders kniffliger Fall." Carmen dreht sich mit der Champagnerflasche im Kreis. „Umso besser! Dann können wir frei reden und frei trinken."

Ich hole zwei Gläser aus dem Kasten, ich sollte mich frei von meinen Gedanken machen, denn ich weiß nicht genau, wie ich das einordnen soll, dass sie so erleichtert ist, dass mein Ehemann nicht da ist. Carmen lässt den Korken in die Luft fliegen. Ich mochte das noch nie, mit eingezogenen Schultern halte ich ihr die Gläser hin, ich spüre Carmens Blick auf meiner verzogenen Gestalt. „Was ist mit dir? Mach dich locker." Carmen füllt den Champagner ein. „So Süße, was ist los mit dir? Warum glaubst du so abenteuerliche Sachen? Dein Selbstwertgefühl muss im Keller sein." „Danke für diese scharfsinnige Analyse, du solltest Therapeutin werden. Möglicherweise ist mein Selbstwertgefühl im Keller, dort ist es sehr unordentlich, ich weiß gar nicht, ob es dort liegt." Carmen setzt sich auf die Theke und schlägt die Beine übereinander. „Glaubst du tatsächlich, dass genau die zwei Menschen, die dir am nächsten stehen, dich so verletzten würden? Hör mir zu, ich habe schon länger das Gefühl, dass du ganz schön viel von dir selbst aufgegeben hast. Du hast einen Job, der dich nicht glücklich macht. Du gehst keinen Hobbys mehr nach. Du trägst keine High Heels mehr." Ich nehme einen kräftigen Schluck. „Da muss ich widersprechen. Ich habe heute High Heels getragen und es war die blödeste Idee ever. Mit zwei kleinen Kindern durch die halbe Stadt zu laufen, das ist kein Spaß, das kannst du mir glauben." „Aber wäre es ohne High Heels ein Spaß mit deinen Kindern durch die Stadt zu laufen?" Ich springe zu ihr auf die Theke. „Na klar, was meinst du damit?" „Ich habe manchmal das Gefühl, dass du zu sehr versuchst, alles richtig zu machen. Du gibst zu viel von dir auf, gönnst dir selbst nichts mehr. Wie sollst du dann noch ein Gefühl für dich haben?" „Natürlich habe ich noch ein Gefühl für mich. Was redest du da?" „Tatsächlich? Spürst du noch das Mädchen in dir, dass mit mir die Nächte unsicher gemacht hat und nicht darüber nachgedacht hat, was der morgen bringt? Die auf ihre Fähigkeiten und Träume vertraut hat. Die sich sicher war, dass da noch etwas Großes kommt?" „Naja, ich habe immerhin geheiratet und zwei Kinder."

„Alles schön erfüllt. Aber wo ist die Luise, die ich kenne? Die draufgängerisch alles ausprobiert hat, was möglich war? Die mit mir durch Indien gereist ist. Mit Rucksack, keine gebuchte Bleibe hatte und erst in der Sekunde darüber nachgedacht hat, wie es weitergehen könnte? Wo ist die hin?" Ich nehme einen großen Schluck und antworte leise. „Naja, gut verstaut in einer Kiste irgendwo im Keller. Nehme ich mal an. So ist das halt, wenn man versucht, ein erwachsenes Leben zu führen. Und du reagierst überhaupt nicht darauf, dass ich heute High Heels getragen habe?" „Sieh mich an! Bin ich nicht erwachsen?" „Um ehrlich zu sein, du lebst das Leben einer 25-Jährigen. Party, Champagner und Kerle. Und ich werde meine Schachtel schon noch auspacken." Carmen schenkt nach. „Klar, wenn die Kinder irgendwo in Australien studieren." „Haben sie dir schon von ihren Plänen erzählt?" Carmen springt von der Theke und steckt ihren Kopf in den Kühlschrank. „Hast du etwas zum Essen da? Ich verhungere." „Da, du kannst etwas von den Makkaroni haben, ich habe es für Marian aufgehoben, aber vermutlich isst er so spät eh nichts mehr. Ich wärme es dir auf." „Du wärmst mir sicher nichts auf! Das kann ich schon selbst. Und hör auf, diesen mitleidigen Ton anzuschlagen, wenn du den Namen Marian aussprichst. Okay? Ich sage es jetzt noch einmal. Zwischen ihm und mir war nichts und wird nie etwas sein. Niemals! Verstehst du! Ich habe ihn nicht einmal in Paris gesehen. Es war purer Zufall. Manchmal muss man auch an Zufälle glauben. Das war übrigens dein Spruch als du noch eine rucksackreisende Draufgängerin warst. Okay? Versprich mir, dass du das keine einzige Sekunde mehr glaubst. Zwischen uns darf nichts stehen!" Ich nicke tapfer und spüre, dass es wohl schon so sein wird, sie kann jeden haben, warum ausgerechnet Marian. Sie ist meine beste Freundin, meine Stütze, mein Richtwert für alles. Ich muss grinsen. „Wenn du heute noch etwas essen willst, dann solltest du den Herd aufdrehen." „Oh Verdammt! Macht euer Herd das nicht selbständig, wenn man nur davon spricht, dass man etwas aufwärmen will?" Ich lache, nein Carmen würde niemals so etwas Hinterhältiges tun, sie ist einfach Carmen. Ich gehe zu ihr hin und umarme sie. „Es tut mir leid, dass ich dich verdächtigt habe. Das war nicht nett von mir. Weißt du, es ist viel mehr meine eigene Unsicherheit, die mich solche Dinge denken lässt und nicht dein Verhalten. Marian und ich, was soll ich sagen? Irgendwie ist alles gut zwischen uns, dann auch wieder nicht. Ich habe das Gefühl noch in mir, warum ich mich in diesen Mann verliebt habe, aber wir sind zu selten unbeschwert miteinander." Carmen grinst. „Eine wirklich schöne Umschreibung für Sex. Warum habt ihr keinen Sex mehr?" Ich fühle mich ertappt. Wir haben immer wieder Sex, aber ich hätte gerne mehr davon. „Warum sollen wir keinen Sex mehr haben? Man redet über die Liebe und landet trotzdem immer irgendwie beim Sex. Oder besser gesagt, du, meine liebe Carmen, landest immer irgendwie beim Sex. Komm, ich übernehme das jetzt mit dem Aufwärmen, ich will nicht, dass der Topf anbrennt. Das ist nämlich ein Weihnachtsgeschenk von Marian." Carmen quietscht mit der Kraft, die ihre Stimmbänder hergeben. „Ein Topf? Er hat dir nicht wirklich einen Topf geschenkt? Du brauchst Abwechslung, nicht er. Er soll dich mal wieder ausführen! Sieh dich doch mal an! Du bist wunderschön! Und er schenkt dir einen Topf?" „Naja,

Armbänder und Ringe habe ich genug. Wir sind ja schon sehr lange zusammen." Ich weiß jetzt ehrlich nicht, was so schlimm daran ist, aber gut, Carmen mag schon recht haben, das romantischste Geschenk aller Zeiten war das nicht. „Marian weiß, dass ich gerne Suppen koche und das ist so ein spezieller Suppen-Kochtopf, der die Vitamine sammelt oder so. Ich weiß auch nicht so genau. Jedenfalls hört es sich super gesund an. Das zeigt doch nur, dass er will, dass ich möglichst lange gesund lebe." Carmen greift nach der Flasche Champagner. „Ich muss noch etwas trinken. Das glaube ich jetzt nicht! Und was willst du mit deinem extra langen und extra gesunden Leben noch anstellen?" „Ich warte auf den Suppen-Kochtopf Deluxe, der zeigt dann sogar an, wie lange das alles kochen soll, damit die Vitamine nicht verloren gehen. Ein Hoch auf den Suppen-Kochtopf-Deluxe. Der wäre wirklich praktisch."

99,9 Prozent Crazy Chicken

Es ist ganz leise im Haus, Carmen ist gerade gegangen, die Kinder schlafen. Luise allein zu Haus. Ein Ereignis, das hier nur um Mitternacht stattfinden kann. Ein Ereignis, das auch schon wieder vorbei ist. Ich höre die Tür, Marian kommt nach Hause. Stimmt, da war noch wer. Also doch nicht so allein daheim. Marian ruft mir ein müdes Hallo zu, zieht seine Jacke aus und verschwindet ins Bad. Eigentlich würde ich ihn gerne auf alles ansprechen, aber er wirkt wirklich müde, ich kann ihm das jetzt nicht auch noch antun. Vielleicht hat Carmen Recht, vielleicht sollte er mich mal wieder ausführen, aber dafür muss er erst einmal aus seinem Hamsterrad aussteigen. Vielleicht kann ich ihm ja den Notausgang zeigen. Ich werde für uns einen Tisch in einem schönen Lokal reservieren, für morgen Abend, aber mir fällt echt keines ein. Da kann ich noch so lange nachdenken. Das ist nicht mein Entwurf vom Leben. Verdammt. Ich muss Carmen fragen. „Hey, bist du noch wach?" „Na klar, ich bin doch gerade erst nach Hause gekommen." „Wie heißt das Lokal, in das du gerne gehst." „Das K." „Ich werde morgen Abend einen Tisch reservieren, kannst du auf die Kinder aufpassen? Bitte!" „Weltklasse-Idee, aber willst du das wirklich? Ich kann doch nicht einmal deinen Herd bedienen." „Ich koche vor. Ich bereite dir Essen vor." „Ich koche vor? Das ich diesen Satz mal aus deinem Mund hören würde." Ich höre den Holzboden knirschen. „Liebes, ich muss auflegen. Da ist was. Morgen um 19.30. Geht das? Ja?" Mit leisen Schritten gehe ich Richtung Küche und erschrecke unabsichtlich Marian. „Willst du, dass ich vor Schreck tot umfalle? Ich bin jetzt echt geschockt. Ich dachte, du schläfst schon." Sein Schock interessiert mich nicht, er hat es überlebt, mehr muss ich nicht wissen. „Marian, bin ich spießig?" „Nicht spießiger als ich, seit wir Eltern sind. Warum schläfst du nicht?" „Weil ich über solche Fragen nachdenke. Und ist dir gar nicht aufgefallen, dass ich nicht neben dir liege?" Ich gehe zu Marian hin, lege meine Hand auf seine Brust und sehe den abgesplitterten Nagellack, aber das ist mir jetzt egal. Um ehrlich zu sein, möchte ich sogar, dass der Nagellack absplittert bei dem was ich vorhabe. Ich drücke meine Lippen auf seine und lass ihn nicht mehr aus, ich lasse ihm gar keine Wahl. Denke ich zumindest, denn er drückt sich weg. „Luise, ich bin vollkommen erledigt, weißt du wie heftig mein Tag war. Hast du eine Ahnung, wie viele Leute sich scheiden lassen. Die Scheidungsquote ist enorm hoch." Ich hole tief Luft. „Bald wirst du dich nur mehr mit einer Scheidung beschäftigen müssen. Mit deiner eigenen." „Aber warum denn, nur weil ich einmal nicht will?" Ich unterbreche ihn. „Ich glaube Carmen wirklich, dass sie nichts mit dir in Paris hatte. Und ja, ich habe auch darüber hinweggesehen, dass du mit mir nicht nach New York willst, aber das hier, das geht gar nicht. Bin ich für dich wirklich nur mehr eine Frau für Suppentöpfe?" Marian geht einen Schritt von mir weg. Er geht auf Distanz, ein kluger Mann. Marian schaut mich an. „Ich verstehe gar nichts. Paris, New York, Suppentopf? Was ist los mit dir?" „Die Frage ist wohl eher, was ist los mit dir? Warum glaubst du wohl, dass ich kurz dachte, du hast etwas mit Carmen?" „Mit welcher Carmen? Wovon sprichst du?" „Mit meiner Carmen." „Warum sollte ich mit der was haben? Die ist doch verrückt." „Schön, dass du mir mal offen sagst, was du über sie denkst. Sie ist mir sehr ähnlich. Also früher mal. In Indien und so." „Liebes, was genau willst du mir eigentlich sagen?" „Ich wollte Sex mit dir. Am liebsten in New York." „Naja, das ist jetzt aber wirklich nicht möglich. Hör zu, wenn dich das mit New York nicht loslässt. Dann fahr doch hin. Nimm dir ein paar Tage." „Die Nummer mit der Nanny kenne ich schon. Nein, danke." „Was verbindest du denn mit New York? Warst du überhaupt schon einmal dort? Ich kann mich nicht erinnern." „Nein, war ich nicht. Vielleicht ist es das auch. Es ist stellvertretend für all die Dinge, die ich nicht mehr machen kann, die ich mir nicht mehr gönne, weil ich hier für alles zuständig bin, weil ich diesen verdammten Job machen muss, weil ich dir den Rücken freihalte. Was tue ich für mich? Was? Duschen?" „Ach komm. Dann reden wir vielleicht doch mit dieser Frau Hofmann, vielleicht nimmt sie ja die Kinder und du kannst dir ein bisschen mehr Zeit gönnen." „Wofür? Für eine Maniküre?" „Luise, sei doch jetzt nicht so. Ich meine es ja nur gut. Und darf ich festhalten, dass du Frau Hofmann engagiert hast. Ich war das nicht. Das möchte ich betonen. Stell dir mal vor, ich hätte sie gefragt, ob sie auf unsere Kinder aufpasst. Da hätte ich Ärger bekommen. Nämlich von dir." Das stimmt sogar, das kann ich nicht leugnen, aber das werde ich nicht zugeben. „Das waren ein paar Minuten. Du kannst also wirklich nicht behaupten, dass sie hier ein fixes Babysitter-Engagement hat." Und ich bin mir auch nicht sicher, ob sie jemals wieder hier auftaucht. Bei nächster Gelegenheit muss ich diese Sache mit der Haustür wieder in Ordnung bringen. Ich meine, sie war sehr verständnisvoll, hat sich überhaupt nicht aufgeregt, allerdings hat sie mich nie wieder gefragt, ob wir auch nur irgendwie wieder in Kontakt miteinander treten. Die Rechnung für den Schlüsseldienst hat sie mir in den Postkasten geworfen. Marian wird lauter. „Was auch immer du machen willst. Sei doch nicht so. Du bist so fruchtbar zynisch. Und weißt du überhaupt, was du wirklich machen willst?" „Immerhin zeige ich irgendwelche Emotionen. Ist Zynismus eine Emotion? Ich weiß es nicht, egal. Ich bin erschöpft. Ich gehe ins Bett. Carmen passt morgen auf die Kinder auf, wir gehen morgen Abend aus. In dieses K. oder wie das heißt. Alles schon ausgemacht, ich weiß nämlich ganz genau, was ich will." „Morgen könnte es sich ausgehen. Da hast du jetzt aber echt Glück. Du weißt." Ich unterbreche ihn. „Du bist ein vielbeschäftigter Mann und ich habe Glück, dass du Zeit hast. Die Storyline ist mir bekannt. Darf ich dich noch etwas fragen?" „Was denn?" „Würdest du mich jemals betrügen?" „Nein, das würde ich nicht. Das kann ich dir versprechen." „Warum bist du dir so sicher?" „Weil ich mich noch immer an das crazy Chicken in dir erinnern kann, in das ich mich so verliebt habe. Wir sind halt jetzt nur ein bisschen erwachsener." „Langweiliger? Also du bist deutlich langweiliger als ich, das muss man hier festhalten." „Bin ich das?" Ich spüre, wie Marians Arme sich um meine Schulter legen, er küsst mich auf den Hals. Diese Nacht ist also doch noch nicht zu Ende. „Wieviel crazy Chicken Anteil habe ich noch in mir?" „99,9 Prozent crazy Chicken."

Ein Prinz mit weißen Zähnen

„Schatz, das ist doch nicht so schlimm, dass die rote Bärentasse im Geschirrspüler ist, die gelbe Giraffentasse ist doch auch ganz niedlich." „Mama, er bekommt sicher nicht meine Tasse!" Ich nehme die Bärentasse aus dem Geschirrspüler und wasche sie mit der Hand ab. Dafür bekomme ich jetzt sicher keine Erwähnung für die beste pädagogische Leistung als Mutter, aber ich muss ins Büro. Die Zahnpasta wartet auf mich. „Hier ist deine Bärentasse. Dafür isst du aber besonders schnell dein Müsli." Langsam kauen ist gesünder, ich weiß, aber wie gesagt, ich muss ins Büro. Ich gehe ins Bad und trage roten Lippenstift auf. Ich betrachte mich im Spiegel und zähle meine Fältchen, irgendwie werden die mehr, auch wenn ich gerade eine weitere mit dieser Bärentasse verhindert habe. Ich gehe zum Schrank und hole ein grünes Kleid heraus, das habe ich das letzte Mal bei der Hochzeit von Freunden getragen, vielleicht erinnert sich Marian noch daran. Für das Abendessen mit Marian ist es zu schlicht, für den Tag zu elegant. Es gibt so Kleider, die irgendwie nie richtig passen, aber ich muss es heute anziehen, denn dieses Gefühl der letzten Nacht mit Marian möchte ich noch nicht loslassen. Ich möchte mich auch im Büro ein bisschen wie bei einem Date fühlen, wenn ich schon hin muss. Ich schaue in den Spiegel, gut sehe ich aus. Mit meinen 45 Jahren habe ich zwar Falten, eh klar, aber ich bin mit mir zufrieden. „Kinder, geht bitte Zähne putzen. Ach ja, heute Abend passt Tante Carmen auf euch auf." „Ach nein, ich will nicht. Das ist öd! Kann die das überhaupt?" „Super, von der bekomme ich sicher so viel Schokolade wie ich will!" Ich höre kleine Kinderfüße Richtung Kinderzimmer laufen und brülle aus dem Badezimmer. „Falsche Richtung! Hier ist die Zahnputzstation! Wir putzen eure Zähne so auf Hochglanz, dass man darin die Eisbären Schlittschuhlaufen sehen kann." Ich höre ein paar Kinderfüße, die in meine Richtung laufen, das ist gut, das bringt mich schneller ins Büro. Auch dort werde ich Zahnpasta-Gespräche führen. Deswegen müssen wir das hier jetzt schnell erledigen. Und das klappt heute auch. „So Kinder, steigt ins Auto." Ich sehe Frau Hofmann, sie sperrt gerade die Haustür auf, ich muss zu ihr hin.

„Hallo Frau Hofmann, ich weiß, unsere letzte Begegnung ist mehr als unglücklich verlaufen. Ich möchte mich noch einmal bei Ihnen entschuldigen und bedanken. Also beides. Wirklich. Bedanken und Entschuldigen. So eng kann es manchmal nebeneinander liegen. Nehmen Sie bitte an! Das war alles keine Absicht. Ich hoffe, das wissen Sie." „Natürlich weiß ich das, es ist auch kein Weltuntergang. Haben Sie sich deswegen nicht mehr gemeldet?" „Nun, ja, ja. Sie haben mir immerhin schon einmal die Polizei auf den Hals gehetzt. Warum eigentlich? Sie wirken so anders. Nicht wie eine Frau, die so etwas machen würde." „Was für eine Polizei? Wovon reden Sie?" „Na, die bei meiner Party. Als Mick Jagger so laut war. Nein, das waren Sie nicht?" „Nein, das war ich nicht. Wie kommen Sie darauf?" „Dann muss es ein anderer Nachbar gewesen sein, zu Ihnen habe ich hier noch den engsten Bezug, daher dachte ich." Ich sehe wie Frau Hofmann den Kopf schüttelt. „Das klingt wirklich logisch, die Nachbarin, mit der sie Kontakt haben, die verrät sie natürlich sofort. Kindchen, Sie sollten positiver denken."

„Stimmt. Also keine Polizei? Der Schlüssel steckt auch nicht mehr zwischen uns?" „Nein. Alles ist in Ordnung. Wenn Sie etwas brauchen, dann melden Sie sich. Ich kann ein bisschen Abwechslung gebrauchen." Vielleicht sollte ich das Leben meiner Kinder doch retten und Carmen für heute Abend absagen, aber was werden meine kleinen Raunzerchen dazu sagen? Ich beobachte mich dabei, wie diese Frage einfach so aus meinem Mund purzelt. „Frau Hofmann, wollen Sie auf die Kinder aufpassen? Ich will Sie nicht überfallen. Tue ich das gerade? Ich muss jetzt in die Arbeit, aber es wäre echt schön, wenn Sie heute Abend Zeit hätten. Ich könnte Hilfe gebrauchen." Frau Hofmann lacht. „Naja, ein bisschen überfallen Sie mich, aber ich würde es tun, wenn es Ihnen hilft." „Das wäre großartig. Natürlich hilft es mir sehr! 19.30 Uhr bitte. Also, wenn es keine Umstände macht."

Ich gehe zu den Kindern, die im Auto warten und steige ein. „Kinder, ihr habt jetzt die wunderbare Wahl zwischen Frau Hofmann und Carmen heute Abend. Was ist euch lieber?" „Frau Hofmann." „Carmen." Also gut, eigentlich hätte mir so ein Anfängerfehler nicht mehr passieren dürfen. Ich starte den Motor und trete aufs Gas, die Lösung kommt mit Schwung. Ich werde sie einfach bitten, gemeinsam auf die Kinder aufzupassen, es ist schließlich für alle das erste Mal. Die grüne Schrift der Uhr auf dem Armaturenbrett springt mich an, der Morgenkreis beginnt in wenigen Minuten. Wenn ich den nicht pünktlich erwische, muss ich ihn mit den Kindern in der Garderobe abwarten. Ich drücke aufs Gas, weil das wäre die Höchststrafe. „Führerschein, bitte." Kurz überlege ich, ob ich wohl noch einen kleinen Rest meines roten

Lippenstifts auf den Lippen habe, aber dann erkenne ich dieses Gesicht wieder. Das weiß ich seit der letzten Party, bei dem hilft gar nichts. „Ich hätte nicht gedacht, dass ich sie so schnell wieder treffe, Herr Polizist. Ich schwöre, dieses Mal war ich nicht zu laut, ich war vielleicht eine klitzekleine Spur zu schnell. Wissen Sie, ich muss meine Kinder in den Morgenkreis bringen, sonst muss ich dort ewig sitzen." „20 km/h drüber. Das sind 40 Euro." „Was? Zwei Euro pro Km/h? Ist das nicht Wucher?" „Diese Preise sind nicht verhandelbar. Zahlschein oder sofortige Bezahlung?" „Lieber einen Zahlschein, ich habe gerade kein Geld mit und woher weiß ich, ob sie das überhaupt dann für Verkehrsampeln, Straßensanierung oder für Burger verwenden?" „Werfen Sie einem Polizisten gerade Betrug vor?" „Was? Nein! Ich! Ich bin eine Mutter, die dringend in den Morgenkreis muss, damit ich mich dann über Zahnpasta unterhalten kann. Das Ganze wäre ja nicht so dringend gewesen, wenn die Kinder schneller die Zähne geputzt hätten und ich Frau Hofmann nicht getroffen hätte. Ach ja, wissen Sie, Frau Hofmann hat sie damals gar nicht angerufen, das war ein anderer Nachbar. Sie können sich nicht zufällig erinnern, wie die Person geheißen hat, die sie angerufen hat?" „Hier ist ihr Zahlschein. Gute Fahrt." „Ist ja auch egal. Das ist die richtige Einstellung, man kann ja nicht alle Dinge ewig besprechen." Ich mache das Fenster zu und brülle Arschloch. Mein Echo auf der Rückbank regt mich nicht auf. Irgendwann lernen sie es sowieso. Ich komme zum Kindergarten und sehe keinen Parkplatz, nur beim Parkverbot ist einer frei. Ich stelle mich trotzdem hin. Ganze 5 Minuten soll jetzt bitte kein Polizist kommen. Ich reiße die Autotüren auf und hole meine Kinder aus dem Auto, die lautstark Arschloch brüllen. Praktischerweise kommt mir dir Leiterin des Kindergartens entgegen und irgendwie habe ich den Eindruck, dass sie auf uns gewartet hat. „Frau Winter, bitte bringen Sie zuerst ihre Kinder in die Gruppe und kommen Sie dann bitte in mein Büro." Na Bumm. Und es ist nicht einmal halb zehn. „Entschuldigen Sie bitte, ich muss dann leider wahnsinnig dringend ins Büro." „Nehmen Sie sich bitte zwei Minuten Zeit." Ich bringe meine Kinder zu der Garderobe, warum ist es immer so wahnsinnig heiß hier? Man könnte fast meinen, die spielen hier jeden Tag Party in der Karibik. Ich drücke meinen Kindern einen Kuss auf die Stirn und gehe ins Büro der Leiterin, ganze zwei Minuten gebe ich ihr. „Frau Winter, darf ich Sie bitten, ihre Kinder pünktlich in den Kindergarten zu bringen. Es stört die Ruhe im Morgenkreis, wenn ihre Kinder in der Garderobe laut sind. Und da sie doch immer wieder mal dort warten müssen, denke ich, wäre es angebracht, dass sie vor dem Morgenkreis im Kindergarten erscheinen." „Ich kann es versuchen. Wissen Sie, was das für ein Stress ist, die Kinder in der Garderobe ruhig zu halten?" „Dann versuchen wir es doch einmal damit, dass Sie am Abend schon alle Sachen herrichten. So haben Sie auch weniger Stress, ins Büro zu kommen." Spricht die gerade mit mir als wäre ich 5 Jahre alt? Ich weiß jetzt nicht, was ich darauf sagen soll, also bedanke ich mich und verlasse diesen Ort, der meine Kinder hütet. Ich schaue auf die Uhr, da muss mir jetzt wirklich viel kluges Zahnpasta-Zeug einfallen, damit Klaus nicht sauer wird. Auf dem Weg ins Büro muss ich also etwas Fulminantes, noch nie Dagewesenes kreieren. Nichts leichter als das.

Ich öffne die Tür zu Klaus Büro. „Hallo!" „Hi Luise, ist dir etwas für die neue Kampagne eingefallen, womit wir arbeiten können?" „Eigentlich nicht. Ganz schön schwer, irgendwie finde ich keinen Zugang. Außer dass man mit den perfekt weißen Zähnen seinen Weg ausleuchtet und so seinen Weg findet." „Nun, das ist etwas gewagt und an den Haaren herbeigezogen, aber warum nicht? Wir könnten das als Grundlage nehmen. Kein schlechter Gedanke, Luise." Das überrascht mich jetzt, diese Idee hatte ich schon mal und habe sie einfach nicht ausgesprochen, weil ich mir dachte, dass er mich für verrückt hält. Das darf ich ihm nicht erzählen, sonst schickt er mich wieder in ein Coaching-Seminar. Ich stimme ihm einfach zu. „Na gut, ich werde diese Idee weiter ausbauen. Ich melde mich möglichst bald bei dir." Ich gehe zu meinem Schreibtisch und schließe die Augen, ich spüre diese Geschichte, sie ist zum Greifen nahe, ich muss nur noch herausfinden, warum da immer wieder ein Prinz auftaucht. Der Prinz am weißen Pferd, aber nein, das Pferd steht für die weiße Farbe der Zähne? Also nicht doch Luise, du solltest echt Romanautorin werden. Ein Prinz mit weißen Zähnen, mehr fällt mir echt nicht zu Zahnpasta ein, aber zu meinem Leben. So ein Prinz mit weißen Zähnen könnte mich endlich aus dieser PR-Welt retten. Die PR-Lady muss jetzt in den Kindergarten.

Ein Rausch mit allem Drum und Dran

Paula und Fabian bauen gerade einen Turm, ich nehme an, es handelt sich hier natürlich um den größten Turm der Welt. So ist das bei Kindern, sie glauben noch an ihre Träume und Vorhaben. Ich lasse ihnen noch zwei Minuten Zeit, um ihr Meisterwerk zu beenden. Danach laufen sie auch schon zu mir, umarmen mich und zeigen stolz auf ihr wahnsinnig geniales Exemplar. „Ich habe noch nie einen Turm gesehen, der so beeindruckend war. Das habt ihr gut gemacht! Kinder, wir gehen jetzt noch eine Stunde auf den Spielplatz, dann werdet ihr heute gleich zwei Babysitterinnen bei euch daheim haben. Das ist doch grandios. Wer hat so etwas schon einmal?" „Mama, ich möchte das nicht, dann sagen sie mir doch doppelt, was ich nicht machen darf." „Liebling, das ist ein Irrtum. Du darfst doppelt so viel Spaß haben. Und ihr könnt beide gleich testen und einen direkten Vergleich anstellen. Das klingt doch großartig! Mehr Mitspracherecht geht nicht. Wir gehen jetzt auf den Spielplatz." Ein Wort mit enormer Anziehungskraft. Paula und Fabian ziehen sich die Schuhe und die Jacke an, so schnell verlassen wir selten diesen Kindergarten. „Wir sind da! So und jetzt geht ihr auf den Spielplatz!" Ich wähle die Nummer von Carmen. „Süße, kommst du heute Abend wirklich vorbei? Frau Hofmann kommt auch. So kann ich sie testen." „Du meinst, so kann ich sie testen, da ich den Abend mit ihr verbringe. Wird sie mich auch bewerten? Gibt es Fragebögen, die wir ausfüllen müssen? Muss das echt sein? Wenn die Kinder schlafen, muss ich mich mit ihr unterhalten und kann nicht auf Instagram abhängen." „Ach was, du schickst sie dann einfach heim. Sie wohnt ja gleich daneben." „Wie wäre es, wenn ich mich dann heimschicke und sie bleibt noch. Längerer Anfahrtsweg und so. Wann gehen deine Kids schlafen?" „Das kommt ganz darauf an, wie spannend du es für sie machst." „Na großartig. Wann soll ich da sein?" „Um 19.30. Dann können sich die Kinder ein bisschen an die Situation gewöhnen." „Na gut, bis später. Aber beschwere dich danach nicht, dass die Kinder schlechte Manieren haben. Okay?" „Hey, du sprichst mit mir! Ich habe meine Kinder nicht erzogen. Noch nicht. Das kannst du heute Abend ändern." „Sehr witzig! Ich werde pünktlich sein. Nur für dich!" „Wenigstens eine, die pünktlich ist. Ich habe heute im Kindergarten eine Standpauke für meine Unpünktlichkeit bekommen. Stell dir das mal vor!" „Deswegen habe ich keine Kinder." „Das ist nur ein negativer Punkt, ein klitzekleiner. Verstehst du? Aber du kannst dich heute Abend ja selbst überzeugen. Bis später! Paula klettert gerade auf einen Baum. Hey Mäuschen, komm da runter, Mama kann dich nicht holen." „Könntest du das nächste Mal bitte nicht so in mein Ohr schreien?" „Hey, mein Kind wäre fast vom Baum gefallen." „Davon war aber nichts zu hören. Bis später!" „Was soll ich anziehen?" „Ich bring dir ein paar Kleider von mir mit." „Du bist die Beste! Jetzt muss ich aber wirklich mein Kind vom Baum holen."

Als Mutter mache ich genug Stretching, ich brauche kein Fitnesscenter, das möchte ich festhalten. Irgendwie fühle ich mich jetzt 30 Zentimeter länger, nachdem ich das Kind vom Baum geholt habe. Schnell stopfe ich die Kinder in das Auto und hoffe, dass ich nicht in den Abendverkehr komme. Aber manchmal hat man auch

Glück und die Autos fahren einem nicht links und rechts um die Ohren. Ich parke in der Garage ein und öffne die Tür. „Kinder, wir müssen noch kurz zu Frau Hofmann, die passt ja auf euch auf." Ich läute an und hoffe, dass sie es sich nicht anders überlegt hat. „Ah Frau Hofmann, das freut mich, dass Sie da sind. Könnten Sie wirklich um 19.30 Uhr bei uns sein. Meine Freundin Carmen wird auch kommen, sie wird Ihnen helfen. Zwei Kinder, zwei Babysitter, damit niemand es als Zumutung empfindet, überlastet ist." Ich spüre wie Frau Hofmann mich mustert, die wird fix nicht schlau aus mir. „Gut, dann kann ich mich mit dieser Carmen ein bisschen unterhalten, wenn die Kinder eingeschlafen sind." „Genau. So ist es! Danke! Bis später." Soll doch Carmen das dann lösen, die checkt das schon.

Ich koche den Kleinen noch schnell etwas, denn hungrige Kinder sind anstrengende Kinder. Das kann ich ihnen nicht zumuten, ich möchte ja, dass sie irgendwann wieder kommen. Schnell koche ich Nudeln mit Tomatensauce, das hebt die Laune immer. Ich hoffe, dass Marian heute wirklich pünktlich nach Hause kommt, ich überlege, ob ich ihm eine Nachricht schreiben soll, aber vermutlich wäre das kein guter Beginn, unser Abend soll ja molto romantico werden. Also, keine Erziehungsmaßnahmen für den Ehemann heute. Ich schütte die Sauce über die Nudeln und hoffe, dass Frau Hofmann und Carmen pünktlich sind, dass sie sich vertragen werden, dass die Kinder sie mögen und noch vieles mehr. Ich bin aufgeregt, das kann ich nicht leugnen. „Kinder, Essen!" Paula und Fabian laufen zum Tisch und beginnen sofort .zu streiten. „Warum hast du den Teller mit dem Elefanten.

Ich will den!" Fabian brüllt zurück. „Den gebe ich nicht her!" Ich verziehe mich in das Badezimmer, schauen wir mal, was passiert, wenn der Elefant allein im Raum steht. Ich hole den roten Nagellack, beginne zu lackieren und warte, was passiert, aber ich höre nichts. Rein gar nichts. Hoffentlich haben sie nicht gemeinsam das Jugendamt geholt, weil ich ihren Streit nicht schlichte. Ich halte es nicht aus, ich platze vor Neugierde. Leise schleiche ich mich aus dem Badezimmer und schaue zum Esstisch. Da sitzen zwei Kinder und essen gemeinsam von einem Teller, sie haben die Nudeln auf den Elefanten geschüttet. Der Arme! Ich gehe wieder zurück in das Badezimmer und genieße den Moment, ich habe echt keinen Plan, wie das passieren konnte, aber egal, ich brauche rote Nägel. Ich hoffe, Carmen bringt ein schönes Kleid mit. Ich möchte nicht unbedingt sofort der ganzen Welt mitteilen, dass ich heute besonders hübsch sein möchte, aber ich möchte mich wirklich sexy fühlen. Okay, ich möchte das natürlich auch zeigen. Ich muss Carmen bitten, dass sie schon ein paar Minuten früher kommt, damit ich das Kleid in Ruhe anprobieren kann. Ich warte ein paar Minuten, damit meine Nägel nicht wieder zerstört sind und hole dann mein Handy. „Süße, kannst du vielleicht 15 Minuten früher da sein, ich möchte deine Kleider gerne in Ruhe anziehen." Carmen antwortet sofort, diese Frau ist immer am Handy. „Na klar! Das ist ja der lustige Teil des Abends für mich." Ich betrachte meine frisch lackierten Nägel. „Danke!" Ich weiß, was ich ihr zumute, denn wenn ich keine Kinder hätte, ich hätte auch keine Freude. Das muss ich ehrlich zugeben. Ich meine, ganz ehrlich, sogar ich bin manchmal nicht so begeistert, wenn ich auf meine eigenen Kinder aufpassen muss. Das ist einfach so. Wie soll es dann Carmen gehen?

Eine Stunde bleibt mir jetzt noch mit den Kindern, ich werfe eine Puzzlerunde in den Raum, die Begeisterung ist groß. Ich freue mich, dass wir etwas haben, was wirklich allen hier Spaß macht, selbst Marian, wenn er mal da ist. Ich suche nach einem Teil der Krone von Prinzessin Lillifee, da läutet es. „Carmen, du bist schon da?" „Na klar, wir wollen diese kleine Anzieh-Session wie früher feiern. Hier ist der Champagner!" „Du willst aber nicht wirklich betrunken auf meine Kinder aufpassen?" Carmen zieht ihre High Heels aus. „Schätzchen, von einem Glas ist man nicht betrunken. Außerdem hast du ja diese Hofmann, die auch auf mich aufpasst. Komm, meckere nicht herum, zieh dich aus!" „Diesen Satz sollte Marian zu mir sagen." „Aber dafür müssen wir dich erst anziehen. Ich habe dir zwei Kleider mitgebracht, schlüpf mal rein." Carmen holt zwei Gläser und schüttet den Champagner hinein. Ich nehme das rote Kleid mit Spitze und ziehe es an. Dafür brauche ich keinen Spiegel, das geht wirklich nicht. „Das ist zu kurz und irgendwie zu spitzig." „Hey, beleidige mein Kleid nicht, das hat schon einige erfolgreiche Dates hinter sich." „Carmen, mehr will ich nicht wissen." „Du bist wirklich spießig, selbst mit Spitze. Nimm das andere, das ist echt der Wahnsinn." Das stimmt, aber es ist sehr kurz und sehr eng. „Ich denke nicht, dass ich da reinpasse." „Luft anhalten und geht schon." Ich passe da echt hinein, ich kann es selbst nicht glauben. „Dieses Teil will ich nie wieder ausziehen." Carmen lacht. „Ich hoffe, dass dir das heute Abend nicht gelingt. Das wäre schade." Ich nehme das Glas und trinke einen großen Schluck. Es läutet an der

Tür. Frau Hofmann ist pünktlich, aber damit habe ich eh fast gerechnet. Ich verbinde Carmen mit Frau Hofmann und connecte sie mit den Kindern. Keiner von ihnen hat sofort die Nerven verloren, ein gutes Zeichen. Und auch mein Ehemann ist pünktlich. Er verschwindet schnell ins Bad, um sich frisch zu machen. Ich suche schnell meine grünen High Heels und hole den Schmuck. Der Romantik steht nichts mehr im Weg. Ich küsse meine Kinder und bitte sie, brav und freundlich zu sein. Carmen schiebt mich aus der Tür. „Jetzt geh schon!"

Marian öffnet mir die Autotür. Ich fühle mich wie eine Prinzessin in dem grünen Glitzerkleid von Carmen. Ich bin aufgeregt, ich kann es kaum glauben, dass Marian und ich endlich einmal wieder allein etwas essen gehen. „Du siehst wunderschön aus, ich freue mich auf den Abend mit dir. Aber wir haben eine Planänderung." „Oh Nein, musst du arbeiten?" „Nein Liebling, aber wir gehen in ein Hotelzimmer. Wir werden dort essen und was uns sonst noch einfällt." Eigentlich ist diese Aktion ja ganz süß, aber ich war eher in der Stimmung, dass ich der ganzen Welt zeige, dass ich in ein Kleid von Miss Fitnesscenter Carmen passe. Trotzdem nicke ich tapfer, ich möchte heute Abend keinen Streit. „Dann bin ich gespannt, was uns einfällt, wenn wir mal allein sind." Marian legt seine Hand auf meinen Oberschenkel. „Uns wird bestimmt nicht fad." Die Fahrt dauert nicht lange und endet vor einem Schloss, man kann es nicht anders beschreiben. Ein riesiger Springbrunnen mit heller Beleuchtung steht davor. Marian steigt aus, läuft ums Auto, öffnet die Tür und reicht mir die Hand. Ich nehme sie und bin dankbar, dass dieses Prinzessinnen-Gefühl noch nicht aufhört. Wann spürt man das schon im Leben? Luise Winter hat es. Nämlich jetzt. Marian hebt mich hoch und trägt mich über die Türschwelle, ich mache mir Sorgen um seine Bandscheibe, möchte aber den Augenblick nicht zerstören, denn hey, ich werde zum Empfang getragen. Hoffentlich ist mein Kleid nicht so nach oben gerutscht, dass man meine Unterwäsche sieht. Carmen und ihre mega kurzen Kleider, die rechnet wohl nicht damit, dass sie jemand durch die Gegend trägt. Marian setzt mich vor der Rezeption ab, ich ziehe meinen Rock ein Stück hinunter. Ich beobachte ihn dabei, wie er ungeduldig unser Hotelzimmer, ach was, unsere Suite, eincheckt. Seine Nervosität finde ich süß, sehr süß sogar. Mehrmals drückt er auf den Knopf, damit dieser Aufzug endlich kommt. Kaum ist die Tür zu, küsst mich Marian wie er es seit Jahren nicht mehr getan hat. „Der Abend gehört nur uns. Hörst du!" „Ich spüre es!" Marian greift mir unter den Rock und flüstert in mein Ohr. „Das Essen kommt danach." Mist, ich habe Hunger, aber das verrate ich ihm lieber nicht. Eigentlich wollte ich mit ihm heute über unsere unterschiedlichen Lebenspläne reden, aber mein Kopf ist leer. Marian nimmt mich an der Hand und geht mit mir zum Hotelzimmer, das er ungeduldig öffnet. Er hebt mich wieder hoch und trägt mich über die Türschwelle. Daran kann ich mich gewöhnen.

Marian trägt mich bis zum Bett und lässt mich sanft fallen. Er reißt sein Hemd vom Körper und legt sich zu mir. Ich lege mich in seine Arme und spüre seine Küsse überall. Wie sehr habe ich das vermisst, meinen Mann endlich wieder so richtig zu spüren. Dieser Moment gehört nur uns. Ohne Zeit, ohne Raum, ohne Angst vor Kinderlärm. Marian und ich verlieren uns miteinander.

Jetzt weiß ich es, wir können uns noch so nah sein, wenn wir uns die Chance dafür geben. Ich könnte mich in ihm vergraben, so sehr liebe ich diesen Mann.

Marian legt sich neben mich und streicht mir über das Haar. „Meine Schönheit, gleich kommt das Essen." Meine Prinzessinnen-Entspannung löst sich auf, ich verstehe gar nichts mehr. „Woher wusstest du, wann das Essen kommen soll. Ich meine, unser Sex hätte ja auch länger dauern können." „In dieser Sekunde schicke ich das vorbereitete SMS ab. 10 Minuten später servieren sie uns die Vorspeise, alles vereinbart." „Die wissen jetzt, dass wir Sex hatten? Sag das jetzt bitte nicht." „So dezidiert habe ich ihnen das natürlich nicht gesagt. Und wenn, wäre es doch auch egal. Glaubst du, die denken, dass wir hier einen Malkurs machen? Hier macht sich sicher keiner Gedanken, aber auch keine Illusionen." Marian lacht. Ich atme aus, jemand läutet an. Marian springt aus dem Bett, hängt sich ein Handtuch um und geht zur Tür. „Austern für die Dame." Dieser Mann hat wirklich an alles gedacht, nur bin ich mir nicht ganz sicher, wie man diese Dinger isst. Ich beobachte ihn dabei, wie weltgewandt und erfahren er dabei wirkt, ich liebe diesen Mann wirklich, das wird mir jetzt erst wieder so richtig bewusst. Ich bücke mich zu ihm und küsse ihn, er ist mir viel lieber als dieses Austernzeug. Wie sehr habe ich das vermisst, einfach mal mit ihm sein. Nur wir. „Marian, ich wünschte, es könnte immer so sein." Ich höre Marian schlucken. „Dann hätten wir unsere wunderbaren Kinder nicht." „Stimmt, die hätte ich fast vergessen. Da war noch was. Bevor wir die Babysitter ablösen müssen, möchte ich mich in dich hineinkuscheln und alles wissen, was dir durch deinen hübschen Kopf geht." „Im Moment nicht viel, eher konzentriert sich mein Körper auf dich." Marian küsst mich und lässt mich die Zeit vergessen. Ich fühle mich wie früher, als wir Städtetrips gemacht haben, die Welt um uns herum vergessen haben und die Zeit nur uns gehörte. Es war ein Rausch mit allem Drum und Dran. Damals und heute.

Zufalls-Glück oder so ähnlich

Ich stopfe eine Karotte nach der anderen in den Entsafter, heute ist endlich wieder einmal ein Detox-Tag. Den mache ich immer, wenn ich das Gefühl habe, ich bin mit mir im Reinen. „Mama, ich habe ein Glas Wasser ausgeschüttet. Das Bett ist voll damit." Ich schnaufe laut aus, lege die Karotte auf das Schneidebrett und gehe zu Paula, ich nehme sie in den Arm. „Ach, das ist doch nicht so schlimm. Mama wechselt gleich die Bettwäsche. Zieh dich mal um!" Ich gehe die Stufen zum Kinderzimmer hinauf. Marian steht mit einem Handtuch bekleidet vor dem Spiegel. Ich kann mich noch an die letzte Nacht mit diesem unglaublich heißen Mann erinnern. Mein Ehemann, was für ein Glück habe ich eigentlich. „Liebes, machst du die Kinder fertig, ich muss ein bisschen früher los, ich habe ja gestern Abend das Büro früher verlassen. Wie du weißt." Er grinst mich an und ich versinke wieder im Alltagschaos. „Hättest du mir das nicht früher sagen können, denn die sind mit Sicherheit noch nicht fertig." „Kannst du sie dann bitte in den Kindergarten bringen? Ich muss das wieder einholen." Puh, wenn ich gewusst hätte, dass ich mir das jetzt jeden Tag zwischen den Zeilen anhören muss, dass er sich Zeit für uns genommen hat, dann wäre ich nicht mitgegangen. Ich sage aber nichts und hole die Bettwäsche aus dem Kasten. Ich will nicht gleich wieder streiten. Der Alltag soll hier nicht schon wieder mit Vollgas einziehen. Dann bringe ich sie in den Kindergarten, die Karotten können warten. Ich überziehe das Bett und höre meinen Sohn fluchen. „Mama, ich bin so müde, ich mag nicht aufstehen." Ich rufe in das Zimmer. „Mäuschen, wer will das schon. Komm! Ich bringe dich heute in den Kindergarten, da kannst du mir alles erzählen, wie es gestern war."

Ich bin wirklich stolz auf mich, dass meine Kinder eine Stunde später angezogen und frisiert im Auto sitzen. Ich starte den Motor. „Also, wie war es gestern Abend?" „Eh gut." Ich drücke auf das Gaspedal. Zugegeben, das ist die wichtigste Information, die man als Mutter braucht, aber ich hätte schon gerne gewusst, ob Carmen sich irgendwie eingebracht hat. Ich parke vor dem Kindergarten und gehe demonstrativ am Büro der Kindergartenleiterin vorbei. Ich bin nämlich so was von pünktlich, und nicht, dass sie glaubt, dass das etwas mit ihrer klitzekleinen Erziehungsmaßnahme zu tun hätte, das ist reiner Zufall. Ich gebe meine Kinder in der Gruppe ab und bin echt froh, dass ich jetzt Zeit für mich habe. Diese Nacht war aufregend, das möchte ich noch genießen und vor allem analysieren. Ich springe ins Auto und rufe Carmen an.

„Süße, ich wollte mich noch einmal für gestern bedanken. Wie lange bist du denn geblieben? Frau Hofmann meinte, du hättest dringend gehen müssen als die Kinder eingeschlafen sind." „Ja, ich hatte ein Date." „Sehr mutig, sich ein Date auszumachen, wenn man auf die Kinder der besten Freundin aufpasst." „Ich wusste ja, dass ich ein Sicherheitsnetz habe. Du hättest mir die Kinder doch niemals ohne Frau Hofmann anvertraut. Oder? Dabei hätte ich sogar ein Abo für irgendeinen Kinder-Channel abgeschlossen, wenn du mich öfter gebraucht hättest." „Genau deswegen brauche ich dich nicht öfter. Ist Frau Hofmann nett zu den Kindern?" „Und das soll ich jetzt beurteilen können? Ja, ist sie. Sie macht das schon wirklich gut. Sie spielt mit ihnen, liest mit ihnen und achtet darauf, dass sie regelmäßig etwas trinken. Sie ist so, wie du es brauchst." „Dann werde ich ihr schnell Blumen kaufen und mich bedanken." „Hey, was ist mit meinen Blumen?" „Kriegst du irgendwann. Okay? Mit wem hattest du ein Date?" „Ach mit so einem Typen, der in einer Bar arbeitet. Ich wollte seinem Chef meinen Champagner andrehen, na wenigstens habe ich etwas dafür bekommen. Der Typ ist echt nicht schlecht. Wie war dein Date gestern Abend?" „Hat der Typ auch einen Namen? Es war fantastisch. Marian hat sich so bemüht, ich habe total vergessen, wie das ist, wenn man hofiert wird. Es hat sich angefühlt als hätten wir unser erstes Date. Ich hätte nicht gedacht, dass das noch möglich ist nach so vielen Jahren." „Du kannst so glücklich sein, siehst du, er liebt dich." „Ich habe nie etwas anderes behauptet." „Du hast mir erst vor kurzem eine Affäre mit deinem Mann unterstellt." „Ja, aber ich habe nicht gesagt, dass er mich nicht mehr liebt. Sondern dass er vielleicht in Erwägung zieht, eine andere Frau attraktiver zu finden. Das ist ein gewaltiger Unterschied." „Jetzt wo du wieder auf Wolke 7 sitzt, bist du aber ganz schön selbstsicher. Das gefällt mir! Ich muss los, ich schaue mir diesen Typen von der Bar noch einmal genauer an." „So genau willst du es doch sonst nicht wissen. Du musst mir bald mehr erzählen, meine Süße! Aber jetzt hole ich die Blumen."

Ich sehe den Blumenladen und setze den Blinker. Ich biege in die Straße ein und parke direkt vor dem Laden. Wenn das kein Zeichen ist, dass ich ein paar Blumen mehr für die Wohnung mitnehmen soll. Ich ziehe meine Runden in diesem bunten Laden, dieser Duft, er betört mich. Rosa oder Rot? Was passt besser zu Frau Hofmann? Ich schließe die Augen und greife nach einem Blumenstrauß. Soll doch mein Unterbewusstsein das entscheiden. Rosa. Der passt gut zu ihr, aber auch zu mir. Denn ich sehe gerade alles durch diese berühmte Brille. Ich nehme noch vier weitere Blumenstöcke für unser Zuhause mit, ich zahle, trage alles zum Auto und stelle es in den Kofferraum. Ich habe wieder so richtig Lust darauf, unser Leben zu gestalten, das Leben von Marian und mir, das Leben mit unseren Kindern. Soll doch mal wer sagen, dass so eine Nacht mit dem Ehemann keine Wirkung hat. Ich bin immer noch auf Wolke 7. Natürlich war das nicht der Sex allein, der hat ja schon noch seinen Platz zwischen Haferbrei, Scheidungsfällen und Klopapier. Ich bin ehrlich fasziniert, dass wir es noch immer schaffen, ähnliche Zustände wie bei einem ersten Date zu erleben. Zumindest stelle ich es mir so vor. Ich habe ja keine Ahnung mehr davon, ich kenne das wirklich nur aus Filmen, aber ich bin echt talentiert beim Mitfühlen. Da brauche ich schon mal Taschentücher. Wie oft habe ich mich theoretisch schon verliebt und getrennt? Natürlich nur in Hollywood.

Ich steige in das Auto und fahre in unsere wunderschöne Siedlung, ich bin froh, dass ich eine Grünphase habe, denn die bringt die Pflanzen schneller ans Ziel. Ich läute bei Frau Hofmann an, ich höre ihre Schritte und sehe wie sich die Tür öffnet. „Ich wollte mich für gestern Abend bedanken. Bitte, die sind für Sie!" „Oh! Das ist aber nett. Kommen Sie doch rein auf einen Tee!" Eigentlich hätte ich tausend andere Dinge zu tun in diesen wertvollen Stunden ohne Kinder und ohne Chef, wo man manchmal einen richtigen Stress aufreißt bei der

Frage, ob man jetzt Sport machen, den Geschirrspüler ausräumen, den Abstellraum sortieren oder seine Nägel machen soll. Eigentlich habe ich keine Zeit für einen Tee mit Frau Hofmann, aber diese Frau soll bald wieder auf meine Kinder aufpassen, also sage ich laut und deutlich. „Sehr gerne!" Frau Hofmann bittet mich in das Vorzimmer, ich ziehe meine Schuhe aus und überlege, ob ich ihr sagen kann, dass mir ein Kaffee lieber wäre. Irgendwie ist das so gar nicht mein Talent, nach etwas zu fragen, was mir nicht angeboten wird. Frau Hofmann holt die Teekanne und lässt Wasser ein, sie schaut mich an und stellt die erlösende Frage. „Wollen Sie auch einen Kaffee? Ich habe nur leider keine Milch. Ich trinke nie Kaffee." „Das macht gar nichts. Bitte, sehr gern!" Ohne Kaffee wäre ich vermutlich bald vom Sessel gekippt. Die Nacht war kurz und sehr aufregend, aber das werde ich Frau Hofmann nicht erzählen. Ich beobachte sie dabei, wie sie die Dose öffnet und überprüft, ob der Kaffee noch frisch genug ist. „So lange ist der noch nicht offen, das geht schon." Das sehe ich ganz genauso. Ohne Risiko geht fast nichts im Leben. Nicht einmal Kaffee trinken. „Wollen Sie ein paar Kekse? Ich hätte da noch eine Verpackung. So oft kommt kein Besuch." „Danke, keine Kekse. Kaffee und Tee sind perfekt." Frau Hofmann stellt mir den Kaffee hin. Ich trinke einen Schluck. Volles Risiko. Frau Hofmann stellt mir ein Glas Wasser hin. „Während das Teewasser zieht, möchte ich Ihnen endlich meinen Keller zeigen." Was für eine Einladung, ich nicke tapfer und nehme noch einen letzten Schluck. Meine letzten Stunden habe ich mir anders vorgestellt. „Achtung, damit Sie sich hier nicht den Kopf anstoßen, die Decke ist sehr niedrig." Ich bücke mich und gehe vorsichtig in den Keller. Vor mir offenbart sich ein fein säuberlich geordnetes Sammelsurium an Vasen, Töpfen, Ansteckern, Schalen und tausend anderen Dingen. Frau Hofmanns Kaffee ist vielleicht eine Mutprobe, aber das hier verändert mein ganzes Leben. „Schauen Sie sich um, vielleicht gefällt ihnen etwas. Ich brauche es nicht mehr, liegt eh nur rum. Verstaubt." Ich nehme eine wunderschöne blaue Schale in die Hand. „Die hier ist einfach unglaublich. Das sind traumhaft schöne Sachen." „Ja, vieles davon habe ich bei meinen Reisen gesammelt, aber jetzt liegt es herum." Ich entdecke einen grünen Krug und spüre richtig, wie mein Herz hüpft. „Frau Hofmann, Sie haben hier die unglaublichsten Schätze. Wollen Sie das alles wirklich nicht mehr?" „Nein, nein. Nehmen Sie nur!" Diese Frau muss in meinem Laden arbeiten, ich weiß, dass das jetzt ein bisschen plötzlich kommt, aber mehr als Nein kann sie ja nicht sagen, warum soll ich sie also nicht fragen? „Ich habe eine Idee, ich möchte Sie fragen, ob Sie mitmachen möchten. Ich träume immer schon davon einen Laden mit Zeugs zu eröffnen. Wollen Sie mich stundenweise unterstützen, im Laden stehen und die Geschichten dazu erzählen, die sie mit diesen Gegenständen verbinden? Das wäre doch großartig!" Ich gebe zu, wir platzen mittlerweile zu sehr in das Leben von Frau Hofmann. Zuerst die Kinder, dann ich. „Ach, das hört sich nach einer tollen Idee an, aber ich bin eine alte Dame, die nicht mehr viel Kraft hat. Ich denke, eine junge Verkäuferin wird Ihnen mehr bringen, aber ich kann hin und wieder auf die Kinder aufpassen, wenn das für Sie in Ordnung ist." Das ist nicht die Antwort, die ich mir erhofft habe, aber eine Nanny ist natürlich auch nicht schlecht, wenn ich das beschließe. „Natürlich! Darüber freue ich mich sehr. Die Kinder natürlich auch. Ich kann diese Sachen hier wirklich haben?" „Klar doch, nehmen Sie, was sie wollen." Ich kann mein Glück kaum fassen, das ist mehr als ein Zufall, das ist Glück. Zufalls-Glück oder so ähnlich.

Ich sage nur Karotte

Ich höre wie die Haustür zufällt, Marian ist endlich zu Hause, ich kann es kaum erwarten. Ich muss ihm von meinem aufregenden Tag erzählen. Na gut, der Nachmittag war alles andere als traumhaft. Paula hat sich das Knie am Spielplatz angeschlagen, es sieht ziemlich blau aus, aber noch kann sie gehen. Natürlich war es einer dieser Momente, der mir sofort deutlich gemacht hat, dass das mit dem Laden nicht so einfach geht. Wenn ich mit Paula ins Krankenhaus müsste, wer würde denn den Laden führen. Ich kann mir keine Angestellte leisten. Ich möchte alle Fragen, die in meinem Kopf wie ein Karussell im Kreis fahren, mit Marian besprechen. Ich höre seine Stimme. „Warum liegen da vertrocknete Karotten in der Küche rum?" Ich höre wie Marian den Mülleimer öffnet und gehe zu ihm. „Ich weiß auch nicht." „Wie war dein Tag?" „Anstrengend genug, deswegen konnte ich die Karotten nicht weggeben. Okay? Paula hat sich das Knie angeschlagen. Weil Fabian keine Spielpartnerin mehr hatte, habe ich den ganzen Nachmittag mit ihm gespielt." „Ihr hättet auch „Wer räumt die Karotten weg" spielen können." So schnell kann es also gehen, kaum liegt mal eine Karotte herum, frisst der Alltag die Romantik. Aber mehr als diese romantikfressende Karotte stört mich seine Einstellung. Wer sagt bitte, dass nur ich dafür zuständig bin, er hätte das doch jetzt auch einfach machen können. Einfach in den Mülleimer, kein Wort darüber, aber was macht er, er spielt sich hier wie der bessere Hausmann auf. Liebe bedeutet doch, man sieht über die klitzekleinen Fehler des Partners hinweg. Und ich schwöre, ich habe nie erwähnt,

dass ich ordentlich bin. Er wusste, worauf er sich ein-
lässt. Meine ganze Euphorie über Frau Hofmanns Vasen
könnte ich in den Entsafter stopfen, aber ich lasse mir
das jetzt sicher nicht anmerken. Marian kommt zu mir
und studiert mein Gesicht. „Bist du sauer? Du wirkst so
komisch!" „Nein, alles okay." Ich werde jetzt sicher keinen
Karotten-Streit hier führen, ich weiß dann, wo wir enden.
Nämlich bei seiner liebsten Aussage, dann besorge ich dir
eine Nanny, damit du die Karottenreste weggeben kannst.
Aber ich suche mir aus, wann ich eine Nanny in mein
Leben lasse. Nicht er! Damit das klar ist.

Da an diesem Abend wohl keine gute Stimmung mehr
aufkommt, kann ich mich gleich an den Laptop setzen
und meine Mails checken. Das macht mich ungefähr so
glücklich wie ein Streit über Karottenreste. Ich öffne das
erste Mail von Klaus. „Luise, darf ich fragen, ob du dich
schon um das neue Projekt gekümmert hast. Dein Ansatz
neulich war ja nicht so schlecht." Stimmt, die Sache mit
dem Weg ausleuchten. Hast du deine Zähne im Griff, hast
du alles im Griff. Es heißt doch auch, wenn die Zähne
nicht gesund sind, dann besteht Gefahr für den restlichen Körper. Eigentlich könnte man das sogar so um-
legen, wenn man seine Zähne gut schützt, dann kann man
sich seinen Weg frei beißen. Ich öffne den Mail-Account.
„Lieber Klaus, ich denke wir könnten uns damit spielen,
dass man mit starken und gesunden Zähnen mehr Kraft
hat. Denn Zähne sind doch für das Unterbewusstsein ein
wichtiger Player. Ich glaube, ich bin da an etwas dran.
Grüße, Luise." Ich gehe ins Badezimmer und putze meine
Zähne, ich schaue in den Spiegel. Meine Zähne sehen gut
aus, wenn das kein Zeichen ist, dass ich mir meinen Weg

freibeißen kann. Ich lege mich in das Bett und rolle mich demonstrativ auf meine Seite, wenn Marian in das Bett kommt, dann soll er gleich sehen, dass seine Aktion nicht so toll war.

Trotz Groll schlafe ich überraschend schnell ein und beginne zu träumen. Ich sehe mich in einem gelben Sommerkleid, ich gehe durch eine kleine französische Stadt und suche nach kleinen hübschen Gegenständen, die ich für meinen Laden brauche. Die Sonne scheint, ich sehe, wie das Meer durch die Häuser blitzt. Ich trage einen geflochtenen Korb, der mit Fundstücken gefüllt ist. Aus einem kleinen französischen Café kriecht der Duft von frisch gebackenem Baguette in meine Nase. „Mama, ich habe ins Bett gemacht." Da bin ich wieder. Hier in München. Bei Fabian. Ich reibe mir die Augen und stehe auf. „Ach Schätzchen, das ist nicht wild. Wir werden das schnell wieder sauber machen, dann kannst du dich wieder ins Bett legen." Ich werfe einen kurzen Blick auf Marian und frage mich, was passieren muss, damit dieser Mann irgendwann einmal wach wird. „Komm, lass uns in dein Zimmer gehen." Es ist 5 Uhr. Dieser kleine Kerl hat mich aus meinem Traum gerissen. Da hätte ich ruhig noch zwei Stunden verbringen können. Ach was, den Rest meines Lebens. Ich nehme das Leintuch vom Bett und stopfe es in die Waschmaschine. Fabian hängt an meinem Bein, er krallt sich fest und drückt seinen Kopf dagegen. So möchte ich auch schlafen können. Ich möchte überhaupt schlafen können. Ich ziehe Fabian vorsichtig von mir weg und lege ihn auf das frische Leintuch. Es hat keinen Sinn mehr, sich in das Bett zu legen, ich schlurfe in die Küche und mache mir einen Kaffee. Während ich die heiße Brühe in kleinen Schlucken trinke, denke ich an den Traum zurück, ich spüre wieder die Lebendigkeit in mir, diese Neugierde auf die Welt, auf das Leben. Ich fühle mich jugendlich frisch. Und das um 5.15 Uhr. Das passiert mir äußerst selten. Ich setze mich an den Schreibtisch und hole einen Zettel aus der Lade. Ich beginne, alles zu notieren, was ich für einen Laden brauchen könnte. Ich merke schnell, dass ich null Ahnung von einem Businessplan habe, dafür wächst die Begeisterung für meinen neuen Lebensentwurf und die Distanz zu Karottenresten. Ich habe das Gefühl, dass ich das echt schaffen könnte. „Guten Morgen, Liebling. Hast du gut geschlafen?" „Fabian hat ins Bett gemacht. Seitdem bin ich wach." „Oh, das tut mir leid. Ich habe nichts mitbekommen." „Dafür fallen dir Karottenreste auf." „Ach Luise, hängt uns das jetzt immer noch nach? Das war doch nicht böse gemeint." „Böse nicht, aber selbstverständlich. Es ist für dich selbstverständlich, dass ich mich um alles kümmere. Wenn du drei Tage allein mit den Kindern wärst, dann würdest du hier in Karottenresten versinken. Das sage ich dir!" „Ich muss mich jetzt fürs Büro fertig machen. Kannst du die Kinder herrichten, dann bringe ich sie in den Kindergarten. Ach, ich habe heute Abend eine Veranstaltung. Wartet nicht auf mich." „Wieder so eine Scheidungsparty?" „Irgendwie ist es egal, ob wir einen schönen Abend miteinander verbringen. Wir kommen in wenigen Stunden wieder an diesen einen Punkt. Oder? Egal, was ich tue. Du wirst immer das Gefühl haben, dass ich dich nicht wahrnehme, dass ich nicht an dich glaube, dass ich nicht weiß, was ich an dir habe. Was mache ich bloß falsch? " „Ich sage nur Karotte."

Plan B in Nizza

Die Kinder und Marian sind schon unterwegs. Das Haus ist leer, ich fahre meinen Laptop hoch, heute muss ich wirklich mit dieser Zahnpasta Gas geben, sonst wirft mich Klaus wirklich noch raus. Ich nehme einen Schluck Kaffee und muss an die Begegnung mit Frau Hofmann denken. Wenn sie tatsächlich Ja zu meinen Plänen gesagt hätte, hätte ich dann den Mut gehabt, neu anzufangen? Bin ich der Mensch, der immer jemand anderen braucht? Ich denke nicht, aber ich frage lieber Carmen. Ich suche mein Telefon und wähle ihre Nummer. „Brauche ich immer wen anderen, um mich etwas zu trauen? Bei der Sache mit den Kindern war es klar, aber sonst, was mache ich sonst allein?" „Was ist denn passiert? Wie spät ist es eigentlich?" „Es ist 9 Uhr." „Bist du verrückt, ich hoffe, das wird nicht zur Gewohnheit, dass du mich mitten in der Nacht anrufst. Warte, ich muss in ein anderes Zimmer, der Typ von der Bar liegt neben mir." „Ach Carmen, du kannst ja auch wirklich nichts allein machen." „Sehr witzig. Wenn du mich so direkt fragst, ich habe schon manchmal das Gefühl, dass du zu wenig Zeit für dich verwendest." „Das ist mir sonnenklar, das war nicht meine Frage. Bin ich fähig, Entscheidungen allein zu treffen?" „Also wenn du mich so fragst, ich weiß es nicht. Was war die letzte Entscheidung, die du allein getroffen hast." „Das ich die Karottenreste erst später in den Müll werfe." „Was?" „Vergiss es. Danke, ich habe schon verstanden. Ich muss weitermachen. Lass mir den Typen von der Bar grüßen."

Ich starre den Computer an und beginne im Internet nach Immobilien zu suchen. Kleines Lokal für Bastelliebhaber, kleines Schmuckstück nach Renovierung. Da ist ja der Keller von Frau Hofmann chic dagegen. Es läutet an der Tür, schnell überprüfe ich meine Frisur im Spiegel. Ein riesengroßer Blumenstrauß mit zwei Beinen steht vor mir. „Frau Winter?" „Ja?" „Für Sie." „Danke!" „Wollen Sie ihn mir vielleicht abnehmen?" „Ah ja!" Ich schließe die Tür und starre die Blumen an, rosa Rosen, meine absoluten Lieblingsblumen. Der edle Spender muss mich schon sehr gut kennen. Ich entdecke ein Kärtchen und ziehe es ganz vorsichtig aus den Rosen. „Es tut mir leid, dass du den Eindruck hast, du hast keine Luft zum Atmen. Ich kann dir deine Entscheidung nicht abnehmen oder dich im Alltag unterstützen, aber ich kann dir ein Wochenende Auszeit schenken. Sie es als Zeichen, dass ich mir bewusst bin, dass ich auch meinen Anteil habe. Ich habe dir für zwei Nächte ein Zimmer gebucht. Pack deine Sachen, morgen sitzt du im Flieger. Vielleicht findest du deinen Weg in Nizza." „Ja genau, in Nizza, direkt an der Strandbar. Da liegt mein Plan B. So einfach geht das. Da fährt man mal ein paar Tage wohin und schon hat man einen Lebensplan. Süß ist es trotzdem, ich will nicht ungerecht sein." Ich lese die Karte noch einmal durch, also so dramatisch habe ich mich heute Morgen nicht ausgedrückt. Nizza. Ich allein. Wann war ich das letzte Mal irgendwo allein? Diesen Moment muss ich gleich mit Carmen teilen, ich wähle ihre Nummer. „Stell dir vor, Marian hat mir zwei Nächte in einem Hotel in Nizza gebucht. Ist das nicht unglaublich?" „Ja, das ist es. Wahnsinn. Wer passt auf die Kinder auf?" „Ausgerechnet von dir kommt die Frage. Ich habe noch gar nicht daran gedacht. Sind dir meine Kids an diesem Abend also ans Herz gewachsen?" „Seit sie auf der Welt sind, meine Liebe?" „Ich weiß eh, aber es geht jetzt um mich. Hörst du, um mich. Ganz ehrlich, es ist mir egal, wie er das mit den Kindern macht. Er wird sich doch hoffentlich was überlegt haben. Oder meinst du, er denkt sich, dass ich die Kinder mitnehme. Ich muss nochmal schnell das Kärtchen lesen. Nein, da steht eindeutig, dass er es für mich gebucht hat. Ich muss gleich meinen Koffer packen. Morgen geht mein Flug!" „Beachtliche Aktion! Das muss ich schon sagen." „So etwas hätte ich ihm gar nicht zugetraut. Dabei habe ich heute nur wie üblich gemotzt." „Wohl einmal zu viel, das kann er sich wohl nicht mehr anhören. Bevor er seine eigene Scheidung verwaltet, schickt er dich lieber nach Nizza." „Du hältst wohl wirklich nichts von Liebe und Romantik." „Hör mal, den Typen von der Bar treffe ich fix wieder. Außerdem liegt er schon beachtlich lange neben mir im Bett. Und was genau hat das mit Romantik zu tun, wenn dein Ehemann dich in eine andere Stadt schickt?" „Er schickt mich hin, weil er mich liebt. Es könnte aber auch gut sein, dass er mal ein paar Tage nicht angemotzt werden möchte. Was weiß denn ich? Ich bin jedenfalls schon fast auf einer Liege in Nizza. Das ist unglaublich! Und das bei dir auch! Carmen hat eine Langzeitbeziehung, dass ich das noch erlebe. Ich muss weitermachen, ich muss mich um die Zahnpasta kümmern." „Vergiss die! Du fliegst nach Nizza! Die Strandbar muss jetzt dein Thema sein. Schick mir gleich eine Nachricht, wenn du gut angekommen bist. Ich will stündlich einen Bericht und Fotos, ganz viele Fotos." „Der Platz an der Strandbar ist schon fix gebucht, aber sei bitte nicht sauer, wenn ich nicht dauernd berichte. Süße, ich nehme mir mal Zeit für mich! Ich werde dir danach alles im Detail erzählen." „Schreib wenigstens, dass du gut angekommen bist. In Ordnung?" „Ja, mache ich." Ich lege auf und setze mich zum Laptop, zum Glück habe ich am Freitag immer frei, das heißt, ich werde Klaus nicht anbetteln müssen, ob ich für meinen Wochenendtrip nach Nizza frei haben kann. Ein Wochenendtrip nach Nizza, wie genial ist das bitte?

Ich stehe auf und suche meine schönsten Sommerkleider heraus und hole Schuhe aus der Kiste, die dazu passen. Ich schließe die Augen und denke an meinen Traum heute Nacht. Da ist es, dieses Gefühl der Leichtigkeit, der Neugierde, ich frage mich, was wohl alles passieren wird und ob ich vielleicht wirklich diesen ominösen Plan B finde. Denn hier gelingt mir das fix nicht, denn ich muss schon wieder zum Kindergarten. Paula und Fabian basteln gerade etwas, die Pädagogin bittet mich, noch fünf Minuten zu warten. Ich setze mich auf diese Mini-Garderoben-Bank, wo ich mir nie sicher bin, ob sie irgendwann unter mir zusammenbricht. Ich nehme mein Handy und suche nach Nizza und Shopping. Viele kleine Läden warten auf mich, ich glaube, ich mag diese trendige französische Stadt jetzt schon. Paula und Fabian laufen auf mich zu und werfen sich auf mich. „Mama, Mama!" „Zieht euch eure Schuhe und Jacken an. Wir gehen in den Laden mit diesen Gummi-Naschsachen." „Was? Das ist ja toll! Mama, wer hat Geburtstag?" Ich streichle Fabian über den Kopf. „Niemand mein Schatz, aber manchmal muss man sich auch etwas gönnen." „Cool! Mega!" Ich bin ganz seiner Meinung, irgendwie habe ich gerade das Gefühl, dass ich meinen Kindern etwas bieten möchte, was sie nicht jeden Tag bekommen. Denn ich fliege ja auch nicht jeden Tag nach Nizza, was verdammt schade ist. Ich öffne die Tür zum Laden, Paula und Fabian zeigen mit ihren Fingern auf alle möglichen Gummitiere. „Das will ich! Diese Schlange muss ich haben!" „Ich will das Krokodil!" Ich reiche ihnen die Tüten. „Dann schaufelt mal hinein!" Der gesündeste Nachmittag ist das jetzt nicht, aber ich freue mich, dass meine Kleinen so aufgeregt sind. Das finde ich nur gerecht, denn ich bin auch wirklich aufgeregt. Paula und Fabian haben die Tüten bis an den Rand gefüllt, fast purzelt aus mir heraus, dass sie nicht alles heute essen dürfen, aber ich schaffe es noch, meinen Mund nicht aufzumachen. So oft sind wir jetzt auch nicht hier. Ganz ehrlich, wenn mir wer sagen würde, du bist jetzt in Nizza, darfst aber nicht an die Strandbar. Was würde ich mir da denken? Und schon ist dieser kleine Zuckerschock pädagogisch richtig eingeordnet. Luise Winter hat für alles eine Erklärung parat, hoffentlich auch bei Marian. Der wird mir den Zuckerschock der Kinder sicher nicht verzeihen, die tanzen ihm die nächsten Nächte durch.

Schon auf dem Weg nach Hause spüre ich die Auswirkungen, die Kinder spielen Schattenboxen im Auto. So viel Energie möchte ich haben. Zuhause angekommen lege ich Tanzvideos ein und springe mit den Kindern durch das Wohnzimmer. Tanzmaus trifft Tanzbär. Ich merke, wie erledigt ich bin und gähne demonstrativ, aber diese kleinen Racker tanzen weiter. Ich muss morgen Früh aufstehen, der Flug geht um 5.30 Uhr. Ich lasse die Kinder noch weiter hüpfen und gehe ins Schlafzimmer, ich hole den Koffer unter dem Bett hervor und lege die ausgesuchten Kleider und Schuhe hinein. Ich kann gar nicht in Worte fassen, wie sehr ich mich darauf freue und wie sehr ich mich davor fürchte. Drei Tage für mich, mit mir. Das kann was werden. Da fällt mir ein, dass ich es den Kindern noch gar nicht gesagt habe und laufe die Treppen hinunter. „Kommt her, ihr kleinen Lieblinge. Mama muss euch was sagen. Mama hat für ein paar Tage frei. Das heißt, Papa schaut darauf, dass es euch gut geht. Ihr werdet mega viel Spaß haben!" Paula drückt sich eng an mich. „Mama, du bist weg? Was machst du denn?" „Ich fahre nach Frankreich. Mama braucht manchmal ein bisschen Ruhe, damit sie ganz viel Kraft für euch hat." Paula drückt sich noch fester an mich. „Das verstehe ich nicht." „Eines Tages, mein Kind, eines Tages wirst du es verstehen." Fabian ist eingeschlafen, diese Neuigkeit bedeutet für ihn weniger Adrenalin als bei einer Gummischlange. Dafür haben sich die Wehen ausgezahlt. Paula umarmt mich ganz fest. „Mama, warum musst du weg?" „Ich muss doch nicht weg, ich möchte mal auch etwas für mich tun. Das ist etwas Gutes. Zweimal schlafen, dann bin ich wieder da!" „Aber ich habe noch nie ohne Mama geschlafen." „Du bist ein großes Mädchen. Du schaffst das! Papa und Fabian sind bei dir. Komm, lass mich Fabian ins Bett bringen." Ich hebe meinen Sohn auf und spüre sofort das Kreuz, es ist eines der Dinge, die man nur aus Liebe tut. Mit meiner letzten Kraft werfe ich ihn ins Bett und lese Paula noch eine Geschichte vor. Es dauert ewig, bis ich ihren ruhigen Atem höre. Ich ziehe vorsichtig meinen Arm unter ihr durch, dieser Regiefehler passiert mir fast jeden Abend. Warum komme ich da nicht vorher drauf, dass sie nicht auf meinem Arm liegen soll? Ich schlüpfe langsam aus der Decke und schleiche auf Zehenspitzen aus dem Kinderzimmer, ich hoffe, mein

Atem weckt sie nicht. Ich greife nach der Türklinke und höre Paulas Stimme. „Mama, nicht weggehen." „Meinst du jetzt oder am Wochenende?" Was für eine blöde Frage, ich weiß. „Mama, nicht weggehen." Ich gehe wieder zurück und lege mich zu ihr, ich singe ihr ein Lied vor und hoffe, dass Fabian nicht aufwacht. Da braucht man schon ein gut durchdachtes System und viel Glück. Ich höre Paulas Atem und schleiche mich wieder aus dem Zimmer, dieses Mal gelingt die Übung. Ich gehe in das Badezimmer und räume mein Necessaire ein, ich kann es immer noch nicht glauben, dass Marian das tatsächlich getan hat, ich muss unbedingt wach bleiben. Ich möchte mich bei ihm bedanken, das ist wirklich eine unglaublich schöne Überraschung. Ich gehe in das Schlafzimmer, suche Unterwäsche und zwei Badeanzüge aus und lege mich auf das Bett, ich recherchiere nach dem Wetter, damit ich auch ja die richtige Kleidung mithabe. Es ist noch nicht Hochsommer, aber warm genug, dass ich meinen neuen Badeanzug im Meer ausführen kann. So organisiert habe ich mich selten erlebt, normalerweise bin ich dem Chaos verpflichtet. Ich starre auf die aufgezeichnete Sonne beim Wetterbericht und stelle mir vor, wie ich am Liegestuhl liege und döse. Luise Winter kann bald am helllichten Tag herumliegen. Das muss man sich mal vorstellen. Ich gähne und schlafe ein. Ich träume davon, wie ich meinen Plan B in Nizza finde.

Dinner mit Fantasiefreunden

Ich spüre eine Umarmung. Eine weiche Umarmung von großen und breiten Armen. Marians Arme kommen mir besonders groß vor, weil sonst immer nur kleine Kinderarme an mir hängen. Marian? Ach du meine Güte! Ich setze mich auf. „Wie spät ist es?" „Es ist drei Uhr früh. Du solltest dich fertig machen. Dein Taxi kommt um 4 Uhr." „Du hast dir extra den Wecker gestellt, damit ich den Flug nicht verpasse?" „Da wäre ich schön dämlich, wenn ich es nicht tun würde. Ich habe dieses Wochenende ja bezahlt." Ich küsse ihn. „Du bist der unglaublichste Mann auf diesem Planeten. Danke dafür! Ich kann dir gar nicht sagen, wie glücklich du mich mit diesem Geschenk machst." „Ich dachte, das waren die Kinder, mit denen ich dich glücklich gemacht habe." Ich boxe ihn in die Flanke. Diese absolute Macho-Aussage kann er sich nur erlauben, weil ich zum Flughafen muss. „Hör auf damit. Wer passt eigentlich auf die Kinder auf?" „Ich!" „Wie du?" „Na ich, ich fahre mit den Kindern für ein Wochenende zu meiner Mutter." „Also passt deine Mutter auf. Ich muss schnell unter die Dusche. Den Koffer habe ich gestern schon gepackt." „So organisiert bist du? Das ist jetzt aber eine Überraschung." Ich werfe ihm meine Unterhose entgegen, er greift danach. „Ich bin immer für Überraschungen gut." Ich mache mich im Bad fertig und stopfe noch schnell eine dünne Jacke in den Koffer. Marian drückt mir die Tickets und einen weißen Zettel in die Hand. „Dich holt jemand vom Hotel vom Flughafen ab. Du musst dich um nichts kümmern." „Womit habe ich dich nur verdient?" „Das weiß ich selbst nicht so genau." Ich spüre Marians

Hand an meinem Hintern und drücke ihm einen Kuss auf die Stirn. „Verlier bloß die Tickets nicht." „Bist du sicher, dass du mich allein nach Nizza schicken kannst?" „Ganz sicher! Du bist zwar immer wieder beeindruckend chaotisch, aber du bist die coolste Frau, die mir jemals begegnet ist." Ich schlüpfe in meine weißen Sportschuhe und werfe ihm einen Kuss zu. „Ich muss jetzt echt los!"

Am Flughafen spüre ich, wie leichte Panik in mir aufsteigt. Was ist, wenn ich in ein falsches Flugzeug steige, hier sind so viele Anzeigetafeln. Ich bin seit der Geburt meiner Kinder nicht mehr geflogen. Es ärgert mich, dass ich wegen so etwas nervös bin, das kann doch echt nicht sein, ich bin doch eine Frau, die alles checkt. Wenn auch auf ihre Art, aber am Ende kann ich meistens sagen, dass das dann doch irgendwie gut war. Ich bin Luise Winter. Ich finde den Check-In-Schalter, in der Tasche krame ich nach meinem Ticket und gebe es der Dame von der Fluggesellschaft. Mir fällt auf, dass ich einen Platz am Fenster habe, das mag ich besonders. Erleichtert setzte ich mich in den Wartebereich, also jetzt liegt es nicht mehr an mir, ob ich es nach Nizza schaffe. Jetzt liegt es am Flugzeug. Ein mulmiges Gefühl macht sich in mir breit, seit ich Kinder habe, mache ich mir Gedanken über Dinge, die mir vorher nicht einmal irgendwie in den Sinn gekommen sind. Nein, dieses Ding wird nicht abstürzen. Endlich sitze ich im Flugzeug, neben mir sitzt ein Herr, der ein bisschen zu viel Platz braucht. Ich schicke Marian noch schnell eine Nachricht. „Ich sitze im Flieger. Sag den Kindern, dass ich sie liebe. Ist mit den Kindern alles gut?" Ich höre die Stimme meiner Mutter im Ohr, dass ich die Kinder nicht so an mich reißen soll, dass ich Marian auch eine Chance geben soll, er kann sich um seine eigenen Kinder kümmern. Ich mache ein Selfie von mir im Flugzeug und schicke es mit dem Text „Auf nach Nizza. Allein." an meine Mutter. Soll sie mal sehen, dass ich super lernfähig bin. Das muss ich mir auch gleich selbst beweisen als ich am Flughafen von Nizza ankomme. Es wuselt hier. Ich versuche meinen persönlichen Fahrer zu finden. Wo ist ein Mann mit Schild? Hat der überhaupt ein Schild in der Hand wie in diesen Filmen? Jetzt wäre es wohl praktisch, wenn ich größer als 160cm wäre. Ich habe schon befürchtet, dass sich das irgendwann rächt. Ich strecke meinen Kopf aus der Menschenmenge und suche die Ankunftshalle ab, aber da ist kein Mann mit Schild zu sehen. Ich suche den Zettel von Marian, auf dem der Name des Hotels draufsteht und gehe zu den Taxis. Dann fahre ich halt so hin. Ich gehe auf die Straße und spüre die Hitze. Was für eine heiße Begrüßung mit 26 Grad. Ich bin eine Frau, die gerade den Winter hinter sich gelassen hat. Also nicht den Herr Winter, sondern den mit Schnee.

Ich entdecke einen Mann mit Schild. Das ist meiner. Da steht mein Name darauf. Also auf dem Schild. Ich gehe zu ihm hin und nicke ihm freundlich zu. Er nimmt mir den Koffer ab und gibt ihn in den Kofferraum, dann hält er mir die Autotür auf. Mehr als ein „Merci" entfährt mir nicht, ich kann kein Wort Französisch. Ich steige in das Auto, der Fahrer drückt auf das Gas. Die Palmen ziehen an mir vorbei und ich spüre wie die Aufregung in meinem Körper Tango tanzt. Ich bin tatsächlich in Nizza. Ich würde dem Fahrer gerne sagen, dass er die Klimaanlage wärmer drehen soll, aber ich wüsste nicht wie. Das Meer taucht vor mir auf, es glitzert in der Vormittagssonne, ich sehe schon die ersten Menschen, die sich dem Sonnenbaden hingeben. Ich kann es kaum erwarten, auch auf so einer Liege zu liegen. Der Fahrer bleibt vor einem luxuriösen Hotel stehen, ich öffne den Zettel und überprüfe, ob der Name des Hotels auch wirklich stimmt. Da hat Marian mir aber wirklich ein Geschenk gemacht. So viel Luxus für Luise Winter. Der Fahrer öffnet die Tür und trägt meinen Koffer zum Portier. Hier beginnt also meine Reise, hier bin ich auf mich allein gestellt. Mehr Aufregung geht nicht. Der Portier drückt mir die Karte für das Deluxe-Appartement in die Hand und deutet Richtung Lift. Kaum vorstellbar, dass es hier keine Deluxe-Appartements gibt. Als PR-Dame weiß ich schon, wie hier der Hase läuft. Mein extra Deluxe im Deluxe. Ich öffne die Tür meines Appartements und weiß nicht, wo ich meinen Blick zuerst festmachen soll. Das ist wirklich Deluxe in seiner reinsten Form. Wenn man Möbeln Angeberei vorwerfen könnte, würde ich das doch glatt tun. Ich werfe mich auf dieses riesengroße Bett und versinke darin. Wenn ich da jetzt nicht mehr rauskomme, habe ich ein Problem. Ich sehe schon die Schlagzeile vor mir. „Deluxe-Bett hat Touristin verschluckt". Ich überprüfe, ob am Nachtkasten ein Telefon steht, aber ich entdecke rote Rosen und eine Flasche Rotwein. Ich spüre schon, dass wir eine gute Zeit miteinander haben werden. Ich höre, dass mein Handy ein SMS erhält. Es ist Marian. „Den Kindern geht es gut! Ich kriege das hin! Genieße deine Tage in Nizza! Du wirst eine gute Zeit haben!"

Die werde ich definitiv haben. Ich stehe auf und schiebe den Vorhang zur Seite. Das Meer liegt in all seiner Pracht vor mir. Ich glaube, ich möchte nie mehr weg. Ich öffne meinen Koffer und suche nach meinem Badeanzug. Ich kann es kaum erwarten, in die Wellen zu springen. Ich schlüpfe hinein und ziehe mein Kleid drüber. Am Stuhl entdecke ich eine Korbtasche, ein Sonnenhut, ein Badetuch und eine Sonnencreme sind darin. Verlässliche Weggefährten für einen Tag am Strand. Dieses Hotel lässt keine Wünsche offen. Ich schnappe den Korb und verlasse das Zimmer. In der Lobby sind ziemlich viele Menschen, ich hoffe, die wollen nicht auch alle an den Strand. Ich überquere die Straße und bin auch schon da, ich bin fast allein hier. Ein Strand ohne Kinder. Das ist erst recht Luxus. Der Bademeister begrüßt mich freundlich und bringt mich zu meiner Liege in der ersten Reihe. Das Meer und ich. Niemand ist dazwischen. Auch keine Kinder, die im Sand spielen. Marian hat an alles gedacht, es ist ein Hotel für Erwachsene. Was für ein Traum. Ich lege mich auf dieses edle Gestell und schaue auf das Meer. Ich beobachte die Vögel, ich sehe eine Frau, in einem fantastischen roten Badeanzug, die ins Wasser geht. Ihrem Tempo nach zu schließen, dürfte es kalt sein. Ich schaue weiter auf das Meer, aber die Zeit vergeht nicht. Ich kann es nicht mehr leugnen, ich bin es nicht gewöhnt, am helllichten Tag irgendwo herumzuliegen. Ich muss jetzt aufstehen, ich schaffe es keine Sekunde länger auf dieser Liege. Ich stehe auf und gehe in die Strandbar, die Musik verspricht Urlaub, die Deko erinnert an einen Tag am Meer und hier sitzt man hip. Schöne Stühle, schöne Tische, hier ist alles schön, auch der Kellner. „Einen Kaffee, bitte!" Kaffee auf Französisch bestellen? Ich kann es! Dieser dunkelhaarige gelockte Kerl könnte mir den Kaffee auch direkt vom Laufsteg servieren. Es würde mich nicht stören. Es ist hier wirklich schön, der Kellner und die Umgebung. Trotzdem fühle ich mich ohne meine Familie irgendwie verloren. Ich vermisse meine Kinder. Selbst im Paradies. Ich nehme einen Schluck vom Kaffee. Da vermisse ich sogar Frau Hofmann. Ich mache ein Selfie von mir und schicke es Marian. „Wie geht es euch? Alles gut?" Ich winke dem schönen Kellner und zahle, da braucht man keine Sprachkenntnisse, da legt man einfach die drei Euro hin. Ein „Merci und Au revoir" fällt mir noch ein. Ich stehe auf und schaue auf den Strandabschnitt, wo jetzt ganz schön was los ist. Jeder ist hier irgendwie beschäftigt, nur ich weiß nicht, was ich mit mir anfangen soll. Ich frage mich, was ich tun könnte, um meiner Unruhe zu entkommen. Bewegung hilft immer, heißt es doch.

Ein Spaziergang bei 26 Grad ohne Schatten lässt dich alle Flausen vergessen, wenn du noch den Winter in dir spürst. Sand in den Zehen, Wind im Haar, bald ist alles wunderbar. Wenn es nur so einfach wäre. Ich bemerke, dass mich der Bademeister beobachtet. Ich überlege, ob ich mich mit ihm unterhalten soll, denn ich merke schon, dass ich jetzt nicht so der Typ dafür bin, allein im Paradies zu sein. Ganz ehrlich, so ein Spaziergang ist mir jetzt auch zu anstrengend. Vielleicht reichen unsere Englisch-Kenntnisse für ein anständiges Touristengespräch aus. Ich gehe zu ihm und seinem Rettungsturm. Er grinst mich an. „Hi!" „Können Sie mir ein gutes Lokal für den Abend empfehlen?" Er antwortet mir auf Deutsch. „Im Hotel isst man sehr gut. Das sollten Sie probieren." „Sie sprechen Deutsch? Das habe ich jetzt nicht erwartet! Woher wissen Sie, dass ich Deutsch spreche? Und haben Sie vielleicht auch Tipps, was ich mir hier ansehen könnte." „Ja, ich habe vier Jahre im Winter als Kellner in einer Skihütte in Deutschland gearbeitet. Man muss sich ja über Wasser halten, wenn die Strände geschlossen haben. Sie sind wohl nicht so gerne auf der Liege? Der Portier hat einen Stadtplan in ihrer Sprache für Sie." „Woher wissen Sie, dass ich nicht so gerne auf der Liege bin? Danke für den Tipp. Und woher wissen Sie, dass ich aus Deutschland komme?" „Weil Sie hier schon seit einer Stunde auf und ab gehen. Sie mögen diese Liege nicht. Ich habe sie einfach angesprochen, ich kann Ihnen sagen, meine Erfolgsquote ist hoch." Ich grinse und nicke. „So hart würde ich das nicht sagen. Ich möchte ja ihre Liege nicht beleidigen, aber ich bin das nicht so gewöhnt, dass ich herumliege. Aber ich merke schon, Sie bekommen alles am Strand mit." Er steigt in seinen Aussichtsturm und holt eine schwarze Tasche. „Fast alles. Ich lebe quasi das Leben der anderen mit. Ich habe jetzt Pause, bis später. Wir sehen uns doch wieder. Oder?" Über diesen Satz werde ich wohl länger nachdenken. Hat der gerade mit mir geflirtet?

Ich gehe zu meiner Liege zurück und schnappe mir die Strandtasche, eine ausgedehnte Shopping-Tour ist wohl eher mein Ding. Ich hole mir noch schnell vom Portier einen Stadtplan und gehe los. Vielleicht führt mich der Stadtplan zum Plan B. Was weiß man, vor wenigen Stunden hätte ich auch nicht gedacht, dass hier ein Kerl mit mir flirtet. Ich biege in eine kleine Gasse ein, die voll mit kleinen Handwerkerläden ist. Ich liebe das, wenn ich das Gefühl habe, dass der Ladenbesitzer damit seine Leidenschaft auslebt. Langsam schlendere ich von Laden zu Laden, oft bleibe ich stehen, weil ich die Auslage ganz genau studiere. Ich überlege, ob sie mich so inspiriert, dass ich hineingehen möchte. Und das tue ich tatsächlich sehr oft. Ich drehe viele Runden in diesen kleinen wunderbaren Läden. In meiner Tasche landet viel Kleinkram, aber das Stück, das in meinem Laden wie ein Pokal stehen wird, weil ich mich nach Nizza getraut habe, weil ich hier meinen Plan B gefunden habe, dieses Stück habe ich noch nicht gefunden. Aber gut, ich bin auch noch weit entfernt, meinen Plan B zu finden. Dafür entdecke ich eine kleine Patisserie und gönne mir eine Schokopraline. An diesen Lebensstil könnte ich mich echt gewöhnen. Chic mit Schokolade. Es beginnt zu dämmern, die Straßenlaternen gehen an. In einem Schaufenster entdecke ich eine dunkelgrüne Lampe mit weißen zarten Linien. Die muss es sein, die inspiriert mich, die leuchtet mir den Weg zu meinen Träumen aus. Das ist meine Lampe. Für meinen Laden. Tagträumen konnte ich schon immer, natürlich ganz im Stil einer PR-Lady. Ich spüre meine Füße nicht mehr und mein Magen knurrt. Ich überlege kurz, ob ich wirklich im Hotel essen soll, aber ich entschließe mich, in ein kleines Bistro zu gehen. Ich kann mich nicht erinnern, wann ich das letzte Mal allein in einem Lokal war. Ich fühle mich ein bisschen unwohl, auch wenn das Ambiente hier wirklich großartig ist. Der Kellner kommt und legt mir die Karte auf den Tisch. Ich wähle ein Mineralwasser und eine Quiche mit Spinat und Käse. Mit einer Selbstverständlichkeit räumt der Kellner das zweite Besteck vom Tisch. Irgendwie ist mir das unangenehm. Es ärgert mich, muss man das so deutlich machen, dass ich allein hier sitze? Am liebsten würde ich dem Kellner nachrufen, lassen Sie das da, ich habe ein Dinner mit meinen Fantasiefreunden.

Rastlos und Ratlos

Ich habe die ganze Nacht durchgeschlafen, kein Kind hat mich geweckt. Schon allein deswegen sollte ich über ein Leben in Nizza ernsthaft nachdenken. Ein paar Minuten bleibe ich noch in diesem riesengroßen Bett liegen, ich strecke mich und kuschle mich noch einmal so richtig hinein. Die ersten Sonnenstrahlen blitzen durch den Vorhangschlitz. Ich freue mich darauf, eine Runde im Meer zu schwimmen. Noch vor dem Frühstück. Auch wenn es eiskalt ist, aber ich kann mir ganz allein eine Verkühlung holen, wenn ich das möchte. Was für ein Luxus! Da ist das ganze Deluxe um mich herum nur eine nette Draufgabe. Ich schaue auf die Uhr. In einer halben Stunde ist das Frühstück vorbei. Wann habe ich das letzte Mal so lange geschlafen? Ich kann mich nicht erinnern, aber gut, ich kann mich an vieles nicht erinnern. Das bedeutet, dass ich meine mutige Verkühlungsrunde im Meer nicht mehr schaffe. Dafür gehe ich schnell unter die Dusche. Denn wenn ich mich zwischen Sport und Essen entscheiden muss, dann greife ich garantiert zum Essen. Frisch geduscht und in einem grünen Sommerkleid stehe ich vor dem Buffet. Es ist die Version, wo man unweigerlich seine Entscheidungsschwäche entdeckt und in Stress gerät. Nehme ich die Semmel, beginne ich automatisch in meinem Kopf zu schlichten, ob das Müsli oder Joghurt nicht auch eine gute Wahl wären. Da ich nicht für meine Entscheidungsstärke bekannt bin, lade ich den Teller voll und setze mich in den Garten. Ich wähle einen Tisch mit einer großen Palme als Nachbar. In ihrem Schatten bin ich fast allein hier. Beim Frühstück stört mich das aber nicht. Ich beiße in die Semmel und nehme mein Handy. Ich habe eine Nachricht von Marian. „Es ist alles in Ordnung hier, meine Mutter kocht vorzüglich, die Kinder freuen sich über den Hund meiner Mutter. Du kannst also wunderbar abschalten. Genieße deinen Kurztrip. Wie ist das Hotel? Ich hoffe so schön wie im Internet." Carmen schreibt mir. „Süße, du hast mir nicht geschrieben, ob du gut angekommen bist! Muss ich mir Sorgen machen? Ich gebe dir noch 10 Stunden, dann muss ich deinen Ehemann kontaktieren. Küsschen." Ich antworte ihr schnell. „Ich bin gut angekommen! Alles wunderschön hier! Umarmung!" Ich überlege kurz, ob ich Carmen erzählen soll, dass es mit ihr viel lustiger hier wäre, aber ich nehme ein Stück Paprika und schiebe es mir in den Mund. Ich möchte nicht, dass sie sich Sorgen macht. Ich schaue auf die Straße, die zum Strand führt. Es ist ganz schön viel los, hier trifft chic auf trendy. Und ich werde mich jetzt dazu mischen. Ich trinke noch einen großen Schluck Kaffee und esse noch einen Löffel Müsli.

Ich mache mich auf den Weg in mein Zimmer, in der Hotellobby ist viel los, irgendwie ist die voll mit Pärchen, die nur darauf warten, beim Portier ihren Liebesurlaub einzuchecken. Die Aufregung liegt spürbar in der Luft, da fällt mir Marian ein. Ich habe ihm nicht geantwortet. Carmen schon. So ist das eben mit Freundinnen. Ich nehme mein Handy und tippe hinein. „Fein, dass alles gut läuft! Hier ist es echt schön. Das Hotel ist deluxe, die Menschen sind chic, das Meer glitzert. Ganz mein Lebensgefühl! Kuss." Schnell husche ich durch die Lobby, um meine Badesachen zu holen. Ob ich es wohl heute länger auf der Liege aushalte? Ich hüpfe über die Straße und gehe zum Strand. Ich finde ihn wirklich sehr hübsch mit seinen kleinen blauen Holzhäuschen, die als Kabinen dienen, wenn man hier eine Saisonkarte hat. Beim Eingang entdecke ich den Bademeister. Irgendwie habe ich das Gefühl, dass er schon auf mich gewartet hat. Was ich von diesem Gefühl halten soll, weiß ich allerdings noch nicht. Ist es beflügelnd oder beunruhigend? Er strahlt mich an. „Guten Morgen, deine Liege ist dir nicht davongelaufen." „Beruhigend!" Ich bin beeindruckt, dass er sich noch an mich erinnern kann. Ich gehe ihm nach und spüre, wie ich in diesem gnadenlos schönen Anblick versinke. Das Meer. Immer wieder lässt es mich aufatmen. Der Bademeister hat verstanden, wie man sein Leben gestalten sollte. Ständig ist er von Sonne, Strand und Meer umgeben. Mit seinem Jobprofil könnte ich mich anfreunden. Wo kann ich mich bewerben? Er bleibt vor der Liege stehen und macht den Sonnenschirm auf, der Tag verspricht richtig sonnig zu werden.

„Haben Sie heute schon die Ruhe, den Tag auf der Liege zu verbringen?" Heftig schüttle ich den Kopf. „Ich befürchte, noch nicht." „Das ist seltsam mit euch Urlaubern. Ich beobachte das immer wieder. Ihr seid das ganze Jahr im Dauerstress, hetzt von einem Termin zum nächsten. Ihr wünscht euch nichts mehr als auf einer Liege zu liegen und dann werdet ihr unruhig, wenn ihr nichts zu tun habt. Ich sehe das so oft. Ich verstehe das nicht. Was ist mit euch los? Sie haben Glück, ich weiß, wo Sie einen langen Spaziergang machen können. Ich bin also ihre Rettung." „Ein Retter also. Ich könnte eine Unterhaltung gebrauchen. Erzählen Sie mir was." Das ist mir jetzt einfach so rausgerutscht, es ist mir wahnsinnig peinlich, aber am zweiten Tag der absoluten Einsamkeit kann das schon passieren. Ich bin nun mal ein geselliger Mensch. „Was soll ich Ihnen erzählen? Was wollen Sie denn über Nizza wissen?" „Nizza. Nein. Über Sie möchte ich etwas erfahren. Wie lange sind Sie schon hier am Strand Bademeister?" „Seit 15 Jahren bin ich hier an diesem Strand, aber ich höre morgen auf." „Was? Hier an diesem Strand?" „Nein, ich höre ganz auf. Ich habe mir endlich meinen Traum erfüllt." Ich muss das erst verstehen. Was hat er gesagt? „Aber das hier ist doch ein Traumjob! Jeden Tag am Strand zu stehen und ins Meer zu schauen. Ich stelle mir das wunderbar vor. Was heißt wunderbar? Es muss der absolute Wahnsinn sein, im Dauerurlaub zu leben. Ich verbringe jetzt wirklich die letzten Tage mit ihnen? Haben Sie sich das gut überlegt?" Er lacht. „Soll ich sie als Nachfolgerin vorstellen? Sie glauben, dass das hier der absolute Traumjob sein muss, weil man den ganzen Tag am Strand ist? Ich stehe den ganzen Tag an einer Stelle, mein Tagesablauf ist pure Routine. Außer es passiert etwas, aber das wollen wir nicht hoffen. Also, ich stehe hier rum und beobachte die Menschen, die sich von ihrem Leben erholen. Sie halten es doch keine 5 Minuten auf dieser Liege aus, so geht es mir jetzt nach 15 Jahren. Ich spüre, dass ich mein eigenes Leben gestalten möchte. Ich habe die Vorstellung davon, andere Orte zu sehen, mir aussuchen zu können, wie mein Tag verläuft. Klar bin ich hier von Menschen umgeben, die das ganze Jahr über Stress haben und dann hier versuchen, ihre Kräfte wieder zu finden. Natürlich ist das schön, noch dazu mit diesem Ausblick, aber ich wollte einfach etwas Neues für mich. Hier bin ich immer für die anderen da. Das ist auch schön, aber mein Leben ist darauf ausgerichtet, dass sich andere von ihrem Leben erholen können. Ich bin für die Familien da, aber auch für die Singles." Er zwinkert mir zu. Meint der etwa? Okay, das muss ich schnell korrigieren. „Ach, Nein. Ich bin verheiratet, ich bin nur ein paar Tage allein hier. Einfach zur Entspannung." Er lacht. „Entspannung? Danach sieht es aus."

Kurz überlege ich, ob ich ihn fragen soll, ob sein Job noch frei ist. Denn das Jobprofil könnte mir gefallen. Vielleicht ist das ja die Situation mit dem berühmten Schicksal. Es wäre der absolute Wahnsinn, einfach so nach Nizza zu ziehen und als Bademeisterin zu arbeiten. Diese Veränderung kann man auch leicht erklären, denn was soll man tun, es ist die berühmte Chance, die man wohl nur einmal im Leben bekommt. Träumen wird man ja wohl noch dürfen. Ich spüre seine Blicke, ich kann nach seinen Gedanken greifen. Ich beobachte, wie sich sein Gesichtsausdruck verändert. Von Sunny Boy auf Checker. „Warum bist du ohne deinen Ehemann hier? Wie heißt du eigentlich?" Flirtet der mich jetzt echt an? Gut sieht er ja aus, er wirkt sportlich, seine Augen sind bestechend blau. Und irgendwie macht mich das auch nervös. Aber was soll ich damit anfangen? Ich bin eine verheiratete Frau, die keine Beziehungsprobleme hat. Da darf kein Verdacht aufkommen. „Auch für mich ist das eine Ausnahme, ich bin immer mit meinen Kindern zusammen. Und mit meinem Ehemann natürlich. Marian. Äh. Also ich bin Luise. Und du?" Ich warte auf seine Antwort, aber er schaut mich nur an, er studiert mich richtig. Mir ist nicht ganz klar, was das hier eigentlich werden soll. Ich höre seine tiefe Stimme. „Remi ist mein Name. Du brauchst dich nicht zu rechtfertigen. Es geht mich nichts an. Und ich meinte das auch nicht wertend. Es ist einfach so, dass viele Familien hier sind und kaum Mütter, die allein hier sind." Die Situation schreit nach einem Themenwechsel. „Du hast mir schon ein paar Gründe aufgezählt, warum du mit diesem Job aufhörst, aber ich habe es noch immer nicht verstanden. Sorry. Nenn mir noch ein paar Gründe, ich bin neugierig." Ich bin wirklich interessiert, auch wenn ich diesen Mann kaum kenne, aber irgendwie scheint er wie ein offenes Buch zu sein und ich habe jede Menge Zeit, also warum nicht? Ich kann die Abwechslung wirklich gut gebrauchen. „Ich führe jeden Tag Smalltalk, ich kratze immer an der Oberfläche. Klar, ich lerne die Menschen kennen, ich bekomme unterschiedliche Einblicke, aber eben immer nur an der Oberfläche. Ich sehne mich nach Verbindlichkeit, nach meiner eigenen Geschichte. Ich möchte etwas erleben und nicht dauernd dabei zusehen, wie andere ihre Umgebung verändern und sich inspirieren lassen. Ich werde Segelboote von A nach B bringen. Jahrelang bin ich hier gestanden, habe ins Meer geschaut und mir gewünscht, dass ich mich in die Wellen werfen kann. Aber ich habe immer nur auf andere aufgepasst, aber schon lange nicht mehr auf mich. Es ist so befreiend, wenn man sich endlich dazu entschließt, auf sich zu achten."

Wahre Worte, da kann man nichts sagen, aber ich bin noch immer erstaunt, wie Remi diesen Traumjob über Bord werfen kann. Da kann er noch so viele Gründe aufzählen. Den ganzen lieben Tag am Strand herumstehen. Das klingt doch echt nach einem Lebensentwurf. „Luise, so heißt du doch, ich muss jetzt arbeiten, aber ich würde mich freuen, wenn wir nach Dienstschluss einen Spazier-

gang am Strand machen. Das ist mein letzter Abend." Ich
überlege keine Sekunde, denn die Aussicht, nicht allein
hier herumlaufen zu müssen, ist zu schön. „Gern." Erst
nach meiner Antwort rutscht mir das Herz in die Hose.
Was habe ich getan? Flirte ich etwa? Nein, sicher nicht!
Ganz sicher nicht! Remi lächelt mich an. „Gut, dann hole
ich dich um etwa 18 Uhr von deiner Liege ab." Ich schaue
auf die Uhr, das sind noch sechs Stunden. Ich bin jetzt
schon so nervös, dass ich am Ende vermutlich überschnap-
pe. Ich spüre mein Herz rasen. Das so ein Zustand möglich ist, das habe ich mit meinen 45 Jahren schon längst
vergessen. Das Adrenalin, das plötzlich durch meinen
Körper fährt, das könnte ich mir vermutlich auch beim
Bungee Jumping holen, aber dafür fehlt mir definitiv der
Mut. Da flirte ich lieber. Ein kleiner unverbindlicher Flirt.
Sonst nichts.

Ich werfe mich in das Meer und versuche meinen
eigenen verwegenen Gedanken zu entkommen. Vielleicht
schwimme ich mir diese Flausen ja aus meinem Kopf. Vielleicht schwimme ich mir aber noch den einen Kilo weg,
der mich da am Bauch stört. Pünktlich fürs Nicht-Date.
Okay, es ist nur ein Spaziergang. Auch wenn seine Augen
bestechend schön sind. Für ihn ist es sowieso nur ein
Spaziergang mit einer Touristin, das hat er sicher schon
tausend Mal gemacht. Ich schwimme im Kreis und merke,
wie sich meine Gedanken im Kopf mitdrehen. Was würde
Marian sagen, wenn er wüsste, dass ich heute Abend mit
einem wildfremden Mann spazieren gehe, mit dem ich
eigentlich schon wahnsinnig viel besprochen habe. Ich
würde vor Eifersucht platzen, aber Marian ist eindeutig
cooler als ich, er hat es sich in all den Jahren noch nie

anmerken lassen, dass ein anderer Kerl ihn aus der Ruhe bringen könnte. Ich schwimme zurück und steige aus dem Wasser, die Hitze erschlägt mich sofort. Ich trockne mich ab und nehme mein Handy. Ich muss Marian schreiben, er muss es wissen, dass ich mich mit Remi treffe. Sollte es sich herausstellen, dass der Bademeister ganz andere Pläne mit mir hat. Ich meine, ich kenne diesen Typen ja kaum. Ich suche nach den richtigen Worten, damit es nicht zu seltsam und beunruhigend rüberkommt. „Mein Lieber, ich hoffe, es geht dir gut! Ich bin hier am Strand und es ist herrlich, der Bademeister hat mich heute gefragt, ob ich am Abend eine Runde mit ihm spazieren gehen möchte. Er ist wirklich nett und ich könnte Abwechslung gebrauchen. Ich hoffe, das stört dich nicht. Kuss." Ich lege das Handy weg und gehe zur Umkleidekabine, ich brauche einen trockenen Badeanzug. Zurück auf der Liege sehe ich eine Nachricht am Handy. „Ist dir Nizza nicht Abwechslung genug? Du wirst schon nicht mit dem Kerl durchbrennen. Alles gut." Ich lese mir den Text noch einmal durch. Keine Spur eifersüchtig, auch nicht zwischen den Zeilen. Ich streife mein Kleid über, ich muss die nächsten Stunden überbrücken. Da bin ich wie meine Kinder, da hilft ein Eis. Ich gehe zu einem kleinen Stand und bestelle ein Vanilleeis. Das geht immer. Sollte ich diesen einen Kilo irgendwo im Meer verloren haben, jetzt ist er gleich wieder drauf. Genüsslich schlecke ich diese cremige und zuckersüße Konsistenz und spaziere durch die Gassen. Die Hitze bringt das Eis schnell zum Schmelzen, ich bemühe mich wirklich, diese Situation hier in den Griff zu bekommen. Ich schlecke daran herum, aber es nützt nichts, es rinnt an meiner Hand hinunter. Während ich nach einem

Taschentuch suche, überfällt mich ein Gefühl ganz fies von hinten. Ich vermisse meine Kinder. Ich bin umgeben von Palmen und Trendläden. Und ich? Ich hätte gerne, dass diese kleinen Racker an meinem Rockzipfel hängen und fragen, wie lange das alles hier noch dauert. Urlaub mit Kind. Spätestens da ist einem klar, dass nichts mehr wie vorher ist. Eigentlich sollte ich hier den ganzen Tag am Strand herumliegen und mich nicht mehr bewegen. Und was mache ich? Ich finde einfach die Ruhe nicht. Ist mein Kopf für die nächsten Jahre auf 24-Stunden-Entertainment eingestellt? Aber in Wahrheit bin ich ja eine Frau mit einer eindeutigen Agenda. Ich bin hier, um mir Inspiration zu holen, mir die großen Fragen des Lebens zu stellen. Und Marian hatte wohl irgendwie die Hoffnung, dass das unter Palmen mit einem Cocktail in der Hand leichter geht. Vorausgesetzt, man trinkt das ganze Glas nicht in einem Zug aus. So ein Cocktail wäre jetzt gar keine schlechte Idee, aber ich kann mich nicht betrinken. Auch wenn mich das Treffen mit Remi außerordentlich nervös macht. Ich habe das Gefühl, er hat mich durchschaut, dass ich rastlos und ratlos bin.

Leichtsinnig, aber beeindruckend

Punkt 18 Uhr. Ich habe mich extra nicht umgezogen, weil ich nicht einmal einen Hauch des Verdachts aufkommen lassen möchte, dass das hier ein Date sein könnte. Wie verabredet stehe ich vor meiner Liege, aber von Remi ist keine Spur. Das habe ich nicht erwartet, ehrlich nicht. Aber gut, wie lange kenne ich diesen Menschen schon? Das ist eigentlich der ultimative Test zur Einschätzung der eigenen Menschenkenntnis. 0 Punkt für Luise Winter. Carmen hat noch weniger, ich tippe auf Minus 100. Ihre Männergeschichten lassen mich oft ratlos zurück. Ich frage mich, was Carmen wohl zu meinem Date mit Remi sagen würde. Ach was, es ist kein Date. Es ist ein Spaziergang. Es wäre ein Spaziergang, wenn er auftauchen würde. Wirklich gut gemacht, Luise. Da habe ich endlich einmal etwas, was einen Hauch von Aufregung in mir bewirkt, dann stehe ich allein da. Ich sehe einen Kerl auf mich zukommen. Das ist er. 900 Punkte für meine Menschenkenntnis, 100 Punkte Abzug, weil ich dachte, er ist pünktlich. Da steht er vor mir, er hat einen Rechen in der Hand. „Entschuldige bitte, ich musste noch schnell den Sand in Ordnung bringen. Ich bringe das Ding schnell weg, dann können wir spazieren gehen." Ich bin erleichtert, dass er aufgetaucht ist, aber jetzt mischt sich auch die Aufregung dazu. Mit den Händen in den Hosentaschen kommt er zurück, er geht langsam auf mich zu, die Sonnenbrille hat er lässig in seine Locken gesteckt. Ich fühle mich wie ein Teenager. „Komm, lass uns hier entlang gehen. Der Sonnenuntergang wird dich umwerfen. Es ist schön, dass du meinen letzten Abend mit mir verbringst." Auch wenn er mich wegen seiner Optik nervös macht, hoffe ich, dass es nicht mein letzter Abend ist.

„Mit einer Touristin, wie klischeehaft ist das eigentlich." Er lacht. „Du wirst es mir nicht glauben, ich war noch nie mit einer Touristin spazieren. Das ist mir als Bademeister verboten." „Am letzten Tag nützt du es noch schnell aus?" „Haha, ja, einmal etwas Verbotenes tun." Ich lache laut auf. „Das soll ich dir jetzt glauben?" „Wieso nicht?" „Okay, ich glaube dir ja deine rührende Geschichte, dass du nur auf diesen Tag gewartet hast." Remi bleibt vor mir stehen und schaut mich an. „Du bist die eine Touristin, auf die ich gewartet habe. Ich schwöre es. Ich habe sofort gespürt, diese Begegnung mit dir, die ist anders. Du öffnest mich, ich kann dir alles erzählen. Ich weiß nicht, warum es so ist, aber ich spüre es. Und ich folge immer meinen Gefühlen." Ich denke, dieser Satz könnte Filmgeschichte schreiben, auch wenn es ein Film ohne Happy End wird. „Remi, das ist wirklich süß! Aber warum ausgerechnet ich?" Ich beobachte Remi, ich kann deutlich sehen, wie er die richtigen Worte wie kleine Puzzleteilchen in seinem Kopf sucht. „Ich weiß nicht, es ist so ein Gefühl. Irgendwie spüre ich bei dir, dass du nicht nur hier bist, um die Sonne, das Meer, deinen Urlaub zu genießen. Du bist nicht auf Leerlauf, wo du deine Kräfte wieder finden musst, weil du dich im Alltag so fertig gemacht hast. Du bist unruhig, du schaffst es nicht auf einer Liege zu liegen, weil du neugierig bist. Du bist auf der Suche. So wie ich." „Ich dachte, du hast deinen Weg schon gefunden?" „Ich habe die Vorstellung von meinem Weg gefunden, aber ich weiß doch nicht, wie es tatsächlich sein wird. Was ist, wenn mein Traum zerplatzt, weil es doch nicht das ist, wonach ich gesucht habe. Ich werde Segelschiffe von A nach B bringen. Von reichen Leuten, die es eilig haben, die fliegen lieber und ich bringe ihnen ihr Boot nach. Manchmal fahre ich auch mit ihnen gemeinsam herum und zeige ihnen das Meer. Ich kann mich endlich vom Fleck bewegen, verstehst du, ich stehe nicht jeden Tag an einer Stelle und alles um mich herum bewegt sich. Das ist mein Antrieb, aber ich weiß noch nicht, ob mir das reichen wird." „Das klingt nach einer großen Entscheidung. Hey, du eroberst den Ozean! Das beeindruckt mich wirklich." „Die Entscheidung war groß, aber es gab einfach keine andere Möglichkeit, denn wenn ich hier noch länger meinen Job mache, dann verliere ich irgendwann mehr als ich gewinnen könnte. Man muss sich überlegen, was man verlieren kann, wenn man es nicht tut. Einen Job als Bademeister oder an einer Strandbar finde ich immer wieder. Deswegen ist es keine Mut-Frage, es ist eine Frage, wie nah man sich noch ist? Spürt man sich noch? Will man sich noch spüren? Oder entkommt man dem Alltag nicht mehr, obwohl man unglücklich ist, weil man keinen Bezug mehr zu sich und zu seinen Werten hat? Alles was ich für mein Glück brauche, spüre ich, ich habe den Bezug zu mir nie verloren. Ich weiß, diese Veränderung bin ich mir selbst schuldig. Weißt du? Wie ist das bei dir?" Ich ziehe meine Schuhe aus, um den Sand zu spüren. „Bei mir? Ach, gute Frage. Ich habe einen Job, der eigentlich ganz okay ist, auch wenn er mich oft langweilt, mein Chef mich oft nervt, aber er erfüllt seinen Zweck. Ich kann mir die Zeit gut einteilen und ich habe ein fixes Gehalt, aber in Wahrheit möchte ich etwas anderes machen." „Und was?" „Ich hätte gerne einen

Laden, in dem ich Urlaubserinnerungen verkaufe. Also so Zeugs halt. Vasen, Teller, Lampen aus verschiedenen Ländern. Ein Stück Welt also, dass man sich dann mit nach Hause nehmen kann. Ich habe das schon als junges Mädchen geliebt, Gegenstände als Urlaubserinnerung mitzunehmen. Wenn man im Alltag daran vorbeigeht, wird man einfach so beiläufig an den schönen Sommertag erinnert. Ich mag diesen Gedanken." „Ich werde dein bester Kunde." „Dann muss ich dir gleich eine Vase um 2000 Euro verkaufen, damit ich mal für einen Monat nicht ins Büro muss und alles planen kann. Weißt du, ich weiß wirklich nicht, wie ich das schaffen soll. Ich habe zwei kleine Kinder, wie soll ich mir da jemals nebenbei etwas aufbauen. Hast du Kinder?" „Nein, habe ich nicht. Aber du verwendest ja jetzt auch Stunden für deinen Job, warum nimmst du nicht diese Stunden für das, was dir gefällt?" „Ich verdiene ja am Anfang nichts. Ich muss ja meine Rechnungen bezahlen. Ich kann es mir vielleicht leisten, ein paar Monate auf Zeit zu spielen, aber wenn es nicht klappt, dann habe ich mein Erspartes aufgebraucht. Wo nehme ich dann einen Job her?"

Remi zeigt auf den Sonnenuntergang, der das Meer in die Nacht trägt. „Schau, wie traumhaft schön mich diese Welt jeden Abend den Tag beenden lässt. Darum geht es, pfeif auf das Geld! Es geht um die Dinge, die das Herz berühren." Ich bleibe stehen und betrachte den Himmel, dieser rosarote Farbverlauf würde meine Paula glücklich machen. Verträumt schaue ich in dieses atemberaubende Naturspektakel. „Remi, Geld ist nicht alles, das ist wohl ein Satz für einen Abenteurer. Ich muss Geld verdienen. Und du verdienst Geld mit einer Tätigkeit, von der viele

Menschen träumen. Als junges Mädchen habe ich davon geträumt, zu reisen, von einem sonnigen Ort zum nächsten wollte ich fahren. Immer auf der Suche nach Vintage, immer auf der Suche nach Abenteuern. Ich war mutig, ich habe nicht viel nachgefragt, ich habe einfach ausprobiert. Nur eben diese eine Sache mit dem Laden nicht. Und jetzt weiß ich nicht, wie ich das finanzieren soll? Wie kann ich den ganzen Tag in einem Laden stehen, wenn meine Kinder mich brauchen. Nämlich um 14 Uhr, mitten am Tag, weil ich sie vom Kindergarten abholen möchte. Verstehst du, das ist es. Ich möchte Zeit mit ihnen verbringen, sie werden so schnell groß. Trotzdem möchte ich meinen Traum nicht verlieren. Das muss man doch unter einen Hut bringen können." „Luise, vielleicht steht es mir nicht zu, dass zu sagen, aber glaubst du nicht, dass es für deine Kinder gut wäre, wenn sie erleben dürfen, dass ihre Mutter ihren Traum lebt. Ist das nicht Inspiration pur für sie? Du versteckst dich doch hinter dieser Zeitfrage. Denn wer sagt, dass du den ganzen Tag den Laden offen haben musst. Du kannst doch deine eigenen Spielregeln machen. Eigener Laden, eigene Spielregeln." „Da ist was dran, natürlich will ich ihnen zeigen, dass es wichtig ist, seine Träume zu leben. Aber ich muss das auch finanzieren können. Wenn ich jeden Tag nur bis 14 Uhr offen habe, weiß ich nicht, ob ich auf Dauer meine Rechnungen bezahlen kann. Ich möchte auf keinen Fall, dass mein Ehemann etwas für mich finanziert." „Warum beginnst du nicht mit einer Kombination. Bis 14 Uhr hast du den Laden offen und verkaufst auch über einen Onlineshop. Am Abend packst du die Bestellungen ein und verschickst sie. Wenn das gut läuft, dann kannst du dir eine Angestellte leisten und den ganzen Tag offen haben. Ich glaube ja nicht, dass du den ganzen Tag offen haben musst. Wenn die Menschen deine Produkte mögen, dann passen sie sich dir an und kommen dann, wenn du offen hast. Menschen spüren das, wenn es wirklich deine Leidenschaft ist." „Ja, ich denke schon, dass es meine Leidenschaft ist. Ich meine, woher weiß ich das so genau. Ich habe es noch nicht einmal versucht. Es ist einfach nur mal so ein Gefühl, dass da in mir steckt. Und das schon ziemlich lange. Deine Theorie ist riskant. Ein Laden und ein Onlineshop. Probieren kann ich es." „Du weißt, ich bin der Mann, der sich bald ins Meer wirft. Hey, du musst es fühlen, du musst dir das vorstellen, wie du da in deinem Laden stehst. Bau Bilder in deinem Kopf. Es ist viel schwieriger, die ganze Zeit in einer „Was wäre Wenn"-Situation zu leben als es auszuprobieren. Na klar, musst du deine Komfortzone verlassen, aber das ist der einzige Weg, um sich zu verändern. Was hast du zu verlieren? In welcher Branche arbeitest du jetzt?" „In der PR." „Da bekommst du doch wieder einen Job, wenn du siehst, dass es nicht funktioniert. Schau mal, da ist eine Bar. Wollen wir etwas trinken?" Ich nicke und ziehe meine Schuhe an, ich kann jetzt wirklich einen Drink gebrauchen. Irgendwie ist das gerade echt viel Input.

Ich schaue mir die Lichterkette an, die über dem Eingang vom Lokal hängt, sie verspricht durchtanzte Nächte. Aber mit Remi ist das für mich nicht einmal mehr irgendwie vorstellbar. Schon spannend, in der ersten Sekunde war er für mich das Sinnbild für Urlaub, jetzt ist er das komplette Gegenteil. Der Kellner klopft Remi auf die Schulter und begrüßt ihn mit einem Lächeln und ein paar Worten, leider verstehe ich keines davon, aber ich kann mir vorstellen, dass er eine Bemerkung darüber macht, dass Remi schon wieder mit einer Frau hier ist. Remi zeigt auf einen Tisch mit Barhockern. „Hier hat man den besten Ausblick, wenn die Sonne verschwindet. Zweimal Rotwein? Der Hauswein ist köstlich." „Wie könnte ich dann Nein sagen." Ich schaue in das Meer, wie schön kann das Leben sein, wenn man es zulässt. Ich stelle mir die Frage, ob sich dieser Abend ab hier zu einem Date entwickelt. Wir haben schließlich Rotwein. Ein Date, das mein Leben auf den Kopf stellt. Aber auf eine ganz andere Art und Weise.

Ich schaue auf das Meer, es hat eine unglaubliche Anziehungskraft auf mich, das war schon immer so. Als würde es mich in die Wellen ziehen. Erst recht die Kombination, Barhocker, Rotwein und Ausblick. „Remi, wie kannst du diesen wunderschönen Ort nur verlassen?" Der Kellner stellt zwei Gläser auf den Tisch. „Wer sagt, dass ich ihn verlasse? Ich werde hier auf meine Aufträge warten, aber ich kann selbst entscheiden, welchen ich annehme. Ich freue mich auf die Abwechslung, tagelang oder sogar wochenlang unterwegs zu sein, dann wieder nach Hause zu kommen und das Erlebte zu verarbeiten. Ich bin neugierig darauf, wie ich mich verändere, was das alles mit mir macht und was das Leben noch zu bieten hat. Du bist nach Nizza geflogen und hast mich getroffen. Das wäre nicht passiert, wenn du deine Komfortzone nicht verlassen hättest." Remi hebt sein Glas und wir stoßen an. „Um ehrlich zu sein, hat mein Ehemann die Komfortzone für mich verlassen. Er hat das alles hier organisiert und bezahlt." „Ich verstehe." Ich betrachte sein Gesicht und versuche seine Mimik zu lesen. „Was verstehst du?"

„Deswegen hast du nichts dazu getan? Oder wie? Du bist in den Flieger gestiegen und ab diesem Zeitpunkt gehört diese Geschichte dir. Ist es von dir abhängig, was du damit machst. Ich habe so viele Ehepaare hier am Strand beobachtet, tagelang haben sie sich angeschwiegen, diese Stille zwischen ihnen war beklemmend. Die heimliche Erwartungshaltung der Ehepartner, dass sich endlich mal etwas zwischen ihnen tut, war spürbar, nahm mir regelmäßig den Atem. Dein Mann schenkt dir Luxusreisen nach Nizza. Behalte diesen Mann." „Es ist die erste Reise seit der Geburt meiner Kinder. Und er hat wohl gespürt, dass ich eine Veränderung brauche. Ich brauche auch Klarheit über manche Dinge, die sich in unserer Ehe eingeschlichen haben. Ehe, was für ein seltsames Wort. Ehe du es dich versiehst. So ist es doch!" Ich nehme einen Schluck Rotwein. Jetzt ist es passiert, jetzt habe ich ihm tatsächlich erzählt, dass wir leichte Fragestellungen in unserer Ehe haben. Hoffentlich wertet er das nicht als Einladung. Remi schaut mich an, ich kann beim besten Willen nicht erkennen, wie er das jetzt sieht. Remi wird laut. „Das ist das schönste Geschenk, dass er dir machen konnte. Du kannst jetzt allein alles von der Vogelperspektive aus betrachten. Wenn er mitgeflogen wäre, weil er dich ausschließlich als Ehefrau begreift, dann hättet ihr euch vermutlich nicht von den anderen Ehepaaren unterschieden, die sich da auf den Liegen mit ihren Zeitungen unterhalten, anstatt über das Leben zu reden. Dein Mann schickt dich allein in ein anderes Land, damit du wieder Luft zum Atmen hast. Welche Dinge haben sich bei euch eingeschlichen?" Ich nehme einen Schluck von diesem hervorragenden Rotwein. Er hat so recht. Marian hat wirklich gezeigt, dass er mich noch sieht, sich um mich sorgt. „Und jetzt sitze ich mit dir hier. Danke, jetzt muss ich mich mies fühlen. Bei diesem prächtigen Sonnenuntergang." „Hey, wir unterhalten uns. Ich habe dir keinen Antrag gemacht." Remi steht auf und kniet sich vor mir hin, ich muss lachen und schaue, ob uns jemand sieht. „Hör bitte damit auf!" Remi steht auf und setzt sich wieder hin, er winkt dem Kellner. „Ich möchte bitte zahlen." „Nein Remi, ich lade dich ein. Ich bin hier die Touristin, der du Nizza zeigst." „Das kommt überhaupt nicht in Frage, ich zahle unseren Wein. Viel von Nizza haben wir nicht geschafft, dafür aber ziemlich viel von deiner inneren Landkarte. Oder?" Ich lache. „Das stimmt!" „Vielleicht ist dir jetzt klarer, was du möchtest. Wie du es anstellen kannst. Und was ist da jetzt mit deiner Beziehung? Hält er dich auf, obwohl er dir so wunderbare Geschenke macht?" „Ich weiß gar nicht, wo ich anfangen soll. Wir sind schon ewig zusammen, wir passen auch wirklich gut zusammen. Doch irgendwie hat sich bei uns das Modell eingeschlichen, ich passe auf die Kinder auf, er macht Karriere. Irgendwie reden wir nicht so wirklich darüber, was das mit uns gemacht hat, weil wir wohl Angst haben, etwas in die Luft zu sprengen. Verstehst du? Er sieht nur mehr seine Verantwortung, ich möchte mich neu entdecken. Das ist eine große Kluft zwischen uns, aber ohne die Liebe zueinander verloren zu haben." „Dein Mann sieht das, er spricht es vielleicht nur nicht aus, aber glaubst du, er hätte dich sonst nach Nizza geschickt?" „Um ehrlich zu sein, ich weiß nicht, warum er mich nach Nizza geschickt hat. Gut möglich, dass ich ihn zu viel genervt habe, gut möglich, dass er mir einfach ein freies Wochenende gönnen wollte, aber auch gut möglich, dass er sich wünscht, dass ich über mein Leben nachdenke. Irgendwie haben wir aufgehört, miteinander zu reden. Es hat so gutgetan, mit dir zu reden, ich bemerke jetzt erst, wie sehr mir das fehlt. Du hast mich auf Ideen gebracht, mir eine neue Perspektive gezeigt, die ich in meinem Alltag so nicht mehr gesehen habe. Danke! Ich vermisse das so, es ist oft anstrengend, dass ich immer alle Dinge mit mir allein ausmachen muss. Und du hast Recht, was habe ich schon zu verlieren? Es ist nicht so, dass ich mit meinem jetzigen Job so viel Geld verdiene, dass ich diese Summe nicht auch mit einem anderen Job aufs Konto bekomme. So klar war mir das davor nicht. Ich bin mir selbst im Weg gestanden. Danke dafür! Bringst du mich zum Hotel?" „Jetzt schon? Wollen wir nicht durch die Nacht tanzen?" In letzter Sekunde will er also doch noch auf ein Date umschwenken, ich habe es befürchtet.

Wir gehen langsam nebeneinanderher, keiner sagt ein Wort, obwohl ich weiß, dass ich an der Reihe bin. „Ich weiß, diese Begegnung ist kein Zufall, ich genieße es wirklich sehr mit dir, aber ich kann die Nacht nicht mit dir verbringen." Was habe ich da gerade gesagt? Habe ich das echt so formuliert? Oh! Mein! Gott! Ich glaube, ich muss im Sand versinken. Remi bleibt vor mir stehen, er baut seinen muskulösen Körper richtig vor mir auf. „Warum glaubst du eigentlich, dass ich nicht einer Beziehung bin?" Wie jetzt? Wie kommt er jetzt darauf? „Warum soll ich das glauben?" „Weil du mir Avancen unterstellst. Ich bin seit vielen Jahren in einer Beziehung." „Äh, naja, die Nacht durchtanzen. Das ist doch ein eindeutiges Angebot." „Du glaubst doch jetzt nicht wirklich, dass ich dich?" Okay, das kann man wirklich unter die Top 5 der peinlichsten Momente einreihen. Und wie wir das jetzt wieder auflösen, dafür fehlt mir eindeutig der Plan. Wo bin ich da bloß reingeraten? Themenwechsel. Das ist die Lösung. Diese Strategie beherrsche ich, die hat mir Marian jahrelang vorgelebt. „Du möchtest deine Beziehung sicher auch nicht gefährden. Wie ist deine Freundin eigentlich?" „Sie ist mein Felsen, an dem ich manchmal zerschelle, aber mich auch gleichzeitig festhalten kann, wenn ich Angst davor habe, unterzugehen. Wir sind schonungslos ehrlich zueinander. Manchmal tut es weh, aber es ist befreiend, weil wir den anderen akzeptieren, wir wollen ihn nicht formen. Es steht nichts zwischen den Zeilen, wenn wir uns gegenüberstehen. Ich liebe diese Frau, auch wenn sie mich immer wieder herausfordert, aber sie hat mir gezeigt, was es heißt, sich an einen anderen Menschen zu gewöhnen. Denn eigentlich bin ich ein Einzelgänger. Wir haben unsere eigenen Regeln. Und wenn du mal verstanden hast, dass das Leben und deine Beziehung so sind, wie du sie dir machst, dass niemand anderer dafür verantwortlich ist, dann gehst du automatisch achtsamer mit dir um. Im Prinzip ist es ganz einfach, wenn du das einmal verstanden hast. Dann willst du es gar nicht mehr anders."

Es ist dunkel geworden, ein leichter Wind umspielt meine Haut. „So einfach ist das nicht, das liegt wohl in dir. Ich müsste dafür wohl viele Stunden Espresso bei einem Coach trinken, um so in mir zu ruhen." „Dann solltest du vielleicht den Kaffee weglassen." „Sehr witzig." Remi schaut mir tief in die Augen. Ich kann nicht anders, ich muss mich darin verlieren. Seine Worte dringen zwar zu mir, aber ich nehme sie nicht wahr. „Du verlierst schon wieder den Mut! Was ist los mit dir? Übermorgen werde ich auf ein verdammtes Segelboot steigen und allein mit den Wellen kämpfen, wenn es sein muss. Dafür braucht man Mut." „Dafür braucht man Leichtsinn." „Nenn es wie du willst, aber ich möchte das für mich machen, das ist es, was ich tief drinnen in mir spüre. Glaubst du nicht, dass ich mich immer wieder frage, ob ich eigentlich verrückt bin, dass ich das alles hier aufgebe, aber ich muss es tun, denn nichts lässt mich ratloser im Leben zurück als meine Bequemlichkeit. Dinge nicht anzugreifen, weil es ja okay läuft. Ewig bin ich an diesem Strand gestanden und habe mich gefragt, was noch passieren muss, damit ich endlich gehe. Ich habe auf den berühmten Aha-Moment gewartet, aber der kam nicht, woran hätte ich den festmachen sollen, wie hätte ich den erkennen sollen? Es war ein schleichender Prozess, diese Vorstellung ist immer mehr in meinen Geist, in meinen Körper gekrochen, hat keine Faser ausgelassen. Irgendwann habe ich mich nicht mehr lebendig gefühlt, wenn ich diesem Gedanken nicht nachgehangen bin. Ich hatte keine Wahl, verstehst du? Ich muss das jetzt tun. Ich werde dir von unterwegs ein Foto schicken. Gibst du mir deine Nummer?" Remi holt sein Handy aus der Hosentasche. „Los, sag schon an." „Meine Nummer?" Ich überlege nicht lange, ich sage ihm die Zahlen an, denn ich möchte wirklich wissen, wie seine Geschichte weitergeht. „Dieses Gefühl, das du da gerade beschrieben hast, das packt mich, das kenne ich nur zu gut. Ich bin im Homeoffice oder im Büro gesessen, habe in den Computer geschaut und ich habe richtig gespürt, wie viel von mir verloren geht, während ich in den Bildschirm schaue. Ich habe mich mit der Frage aufgehalten, ob ich das schaffen kann, weil ich meine Kinder großziehe. Aber deine Worte stimmen. Die 20 bis 30 Stunden pro Woche, die ich in eine Agentur stecke, die mich nicht glücklich macht, die kann ich in mein eigenes Glück stecken. Remi, dich kann man wohl als schicksalhafte Begegnung bezeichnen." Eine Aussage, die wohl jeder Dramaturg als Schlussszene verwendet hätte. Wir sind vor dem Hotel angekommen, unser Spaziergang, das kein Date war, ist zu Ende. „Kommst du morgen noch einmal an den Strand, Luise?" „Ja, sicher! Ich fliege am Nachmittag. Bringst du mich zur Liege?" „Es ist mir ein Vergnügen. Danke für den schönen Abend! Siehst du, ich frage nicht, ob ich noch auf ein Glas Wein mitkommen kann." Ich habe ja noch eine Flasche Rotwein im Zimmer, aber nein, ich muss das genau hier jetzt beenden. „Danke! Bis morgen!" Mehr bringe ich beim besten Willen nicht raus. Dating-Queen wird keine mehr aus mir. Remi nickt, lächelt mich an und geht langsam weg. Das fühlt sich jetzt ein bisschen wie in diesen Filmen an, wo man am liebsten in den Fernseher schreien möchte, jetzt ruf schon seinen Namen, ihr müsst euch jetzt endlich küssen. Aber auch in meiner Version gibt es keinen Kuss, sondern eine Lobby, die viel Gold abbekommen hat.

Überall ist irgendwo etwas mit Gold, die Lampen, der Kronleuchter, die Bilderrahmen, sogar das Glas dieses kleinen Tisches ist in einem goldenen Rahmen. Auch die Taste für den Aufzug. Es dauert ewig, bis die Tür aufgeht, ich gehe hinein und schaue in den Spiegel. Da ist sie, Luise Winter. Ich fühle mich leicht und schwer zugleich, voll Abenteuerlust und Hoffnung, voll Mut und Angst. In der Luft hängt die Frage, ob das alles nur in Nizza möglich ist, oder ob das auch mit Schnee geht. Ich verlasse den

Aufzug und gehe in mein Zimmer. Ich werfe mich auf das Bett und schließe die Augen. Kann ich mir das alles wirklich für mich vorstellen, ein Laden am Vormittag und am Abend die Bestellungen bearbeiten und das ganze Zeug verschicken? Ausgerechnet ein Onlineshop. Ich wollte doch weg vom Computer! Aber ich kann mir jetzt echt keinen Laden leisten, Remi hat den perfekten Masterplan für mich, den ich in den letzten Jahren nicht gecheckt habe. Ich wusste nicht mal, dass ich einen Masterplan brauche. Auch mein lieber Ehemann würde das natürlich sofort analytisch angehen, er entwickelt unterschiedliche Szenarien und hat auch noch einen Plan C, wenn Plan B scheitert. Ach Marian, ich frage mich, ob es bei uns auch so ist, dass wir uns gegenüberstehen und nichts zwischen den Zeilen steht. Ich muss ihn das fragen, und zwar sofort. Ich hole mein Handy aus der Tasche, seine warme Stimme dringt zu meinem Ohr. „Luise, schön, dich zu hören! Wie ist Nizza?" „Steht irgendetwas zwischen uns? Gibt es etwas, was wir uns nicht sagen?" Ich setze mich auf und drücke das Handy an mein Ohr. „Ich weiß jetzt nicht, was du meinst. Ist etwas passiert? Du warst doch mit diesem Bademeister spazieren." „Remi, ja, ich war mit ihm spazieren. Er ist wirklich nett, aber damit hat das gar nichts zu tun." „Das soll ich dir jetzt glauben?" „Ja, glaubst du etwas anderes?" „Ich glaube gar nichts, du verhältst dich gerade etwas seltsam, das ist alles." „Wir haben viel geredet, es war ein schöner Spaziergang, der bei mir einige Fragen aufgeworfen hat. Er hat mir aber auch gezeigt, wie sehr ich dich liebe. Ich vermisse dich!" „Ich liebe dich auch. Ich weiß jetzt ehrlich nicht genau, was da gerade bei dir los ist, du kannst doch spazieren gehen, mit wem du willst.

Ich mache mir keine Sorgen." Okay, dieser Kerl ist selbstsicher. Eifersucht, null Punkte. Aber ich werde das jetzt sicher nicht thematisieren. „Ich freue mich auf dich! Sag noch schnell, geht es den Kindern gut?" „Ja, alles bestens. Mach dir keine Sorgen!" „Es ist erstaunlich, dass sie nicht den ganzen Tag durchweinen, weil Mama mal nicht da ist." „Da muss ich dich leider enttäuschen, sie fragen hin und wieder nach dir, aber mehr passiert nicht. Dafür ist die Oma zu aktiv mit ihnen, die haben keine Zeit, dich zu vermissen." „Aktive Omas sind gefährlich. Gute Nacht!" Meine Kinder, ich bin froh, dass sie selbständiger sind als ich es vermutet habe. Irgendwie wirkt dieser Gedanke befreiend. Ich gehe in das Badezimmer, um meine Zähne zu putzen. Während ich so vor mich hin schrubbe, fällt mir ein, dass sich übermorgen im Büro alles wieder um die Zahnpasta drehen wird. Und das stundenlang. Ich habe Remi zwar Leichtsinn unterstellt, weil er seinen Job aufgibt, aber ganz ehrlich, nichts anderes sollte er tun. Und ich auch nicht. Von diesem Spaziergang habe ich so viel gelernt wie schon lange nicht. Seine Entscheidung ist leichtsinnig, aber beeindruckend.

Mach's gut, mein lieber Krater!

Mein Wecker läutet, ich habe ihn auf 8 Uhr gestellt, ich möchte den letzten Tag noch so richtig nützen. Noch einmal möchte ich die Eleganz dieser wunderschönen Stadt einatmen. Ich habe nicht gut geschlafen. Die Sätze von Remi sind wie kleine Raketen durch meinen Kopf geschossen. Ich öffne den Vorhang und schaue auf das Meer, bald wird Remi darin sein Glück finden. Wie kann man nur so nah am Meer sein und es gleichzeitig vermissen? Ich springe unter die Dusche, ich freue mich schon sehr auf das Frühstücksbuffet, ab morgen werde ich wieder die Königin der Karottenreste sein. Ich ziehe den Badeanzug an und hole mein letztes frisches Kleid aus dem Kasten, ich hole meine Bürste, fahre mir damit durch mein langes Haar und mache einen Zopf. Ich freue mich ehrlich auf das Frühstück. Ich stehe vor dem Buffet und bin schnell froh, dass ich nicht jeden Tag gleich in der Früh so viele Entscheidungen treffen muss. Semmel oder Croissant, Müsli oder Joghurt. Irgendwie ist das eine Entscheidung zu viel im Leben. Ich stelle alles auf den Tisch und nehme mein Handy, Marian hat mir ein SMS geschrieben. „Ich bin froh, dass dieser Bademeister meine Madame Chaos nicht entführt hat. Weißt du eigentlich, warum ich dir den Zettel mit dem Hotel ausgedruckt habe?" Ich muss grinsen, ganz so sicher ist er sich also doch nicht. Das freut mich. „Keine Sorge, da setze ich lieber auf einen Scheidungsanwalt. Du hast befürchtet, dass ich mein Handy verliere." „Weißt du eigentlich meine Nummer auswendig? Vermutlich nicht! Wir werden nach dem Mittagessen nach Hause fahren und auf dich warten. Ich freue mich auf dich!" Was für eine Frage! Das traut er mir also nicht zu, dass ich mir seine Nummer merke. Dann werde ich dieses Geheimnis für mich behalten, er muss ja wirklich nicht alles wissen. „Natürlich nicht! Wer hat noch irgendeine Nummer im Kopf? Ich gehe jetzt schwimmen, dann werde ich noch Geschenke für die Kinder besorgen und ein bisschen mit dem Bademeister flirten. Er hat heute seinen letzten Tag hier." „Also brennst du doch mit ihm durch? Ich habe ein Taxi für dich bestellt, das holt dich vom Flughafen ab, solltest du dich doch wieder für den Scheidungsanwalt entscheiden." „Du hast wirklich an alles gedacht. Wie immer! Manchmal ist das ein bisschen zum Fürchten." „Was soll ich sagen?" „Am besten gar nichts. Ich springe jetzt ins Meer." Ich beiße noch einmal von der Semmel ab und stehe auf, ich kann es kaum erwarten, endlich ins Wasser zu springen. Ich freue mich auf Remi. Nicht nur wegen seiner Ausstrahlung, sondern viel mehr darauf, was er aus mir macht, was er aus mir holt. Dieser Mann, der so viel Weisheit und Ruhe ausstrahlt, zugleich aber unbeständig und abenteuerlich auf mich wirkt. Er lockt das Mädchen von früher aus mir heraus, ich spüre diesen unbändigen Drang in mir, der früher mein Leben geleitet hat, mich treiben zu lassen. Egal, was der Morgen bringt.

Ich gehe auf die Straße und sehe Remi schon am Strand. Er winkt mir und geht auf mich zu. „Ein letztes Mal eine Liege für die Frau, die nicht ruhig sitzen kann? „Ja, ein letztes Mal eine Liege. Für die Frau, die ihren Gedanken nachläuft." „Dann verlauf dich nicht!" Mit einer Verbeugung übergibt er mir die Liege, die ich in den letzten Tagen schon hatte. Ich werfe meine Tasche hin und gehe zu seinem Turm, wo er als Bademeister Wache über das Treiben im Meer hält. Er ist eindeutig ein Mann mit Überblick. „Hey, was ich dich noch fragen wollte. Wie kommt deine Freundin damit klar, dass du jetzt wochenlang nicht daheim bist." „Gut! Sie weiß, dass ich das brauche. Was nützt es ihr, wenn ich grantig und unglücklich jeden Tag bei ihr am Sofa sitze. Ich hätte nichts zu erzählen, ich würde ihr nicht mehr zuhören, wenn ich wüsste, dass das jetzt ewig so weitergeht. Da ist es doch viel besser so, dass wir uns wieder aufeinander freuen können. Da schau, da ist das Ehepaar Müller. Seitdem ich hier arbeite, kommen sie hier an den Strand und verbringen ihren Urlaub. Ich habe sie noch nie miteinander lachen gesehen. Echt nicht. Aber keiner macht einen Schritt ohne den anderen. Möchtest du das? Ich nicht. Nur um die Sicherheit zu haben, dass sie nicht allein sind, sind sie miteinander jeder für sich allein." „Das klingt grauenvoll. Hör auf damit!" „Warum kannst du dir das nicht anhören? Hast du Angst, dass das bei euch auch mal so sein wird?" „Nein, natürlich nicht! Wir sind verbunden und lieben uns, ich möchte mich beruflich verändern, aber das hat absolut nichts mit meinem Mann zu tun. Nur mit mir." Remi nickt und beobachtet eine ältere Dame. Langsam, aber entschlossen bietet sie den Wellen die Stirn. Das Meer ist unruhig. Remi auch. „Irgendwie vergehen diese letzten Minuten hier an diesem Strand nicht. Es wirkt alles noch viel intensiver auf mich, es ist so als würde ich all die Erkenntnisse hier am Strand noch einmal durchleben. Obwohl ich fast immer nur hier an diesem Fleck gestanden bin, hat sich alles auf mich zubewegt, haben sich alle Freuden, Sorgen und Konflikte um mich herum aufgebaut, zwischen Sandburgen. Ab morgen bin ich endlich frei wie ein Vogel und kann mir die Richtung aussuchen. Ich kann es kaum erwarten. Ich bin unheimlich stolz auf mich, denn ich hätte nicht gewollt, dass irgendwann einmal ein Schild hier steht, dass der älteste Bademeister von Nizza gestorben ist. Was soll bei dir nicht oben stehen?" „Puh, das ist aber eine harte Frage an einem Shopping-Wochenende in Nizza."

Stimmt, denn eigentlich wollte ich nur shoppen und nicht denken, aber im Moment habe ich das Gefühl, dass ich ein vollgestopfter Krater an Gedanken bin, in dem ich bald versinke, wenn ich nicht irgendwann Halt finde. „Ich will kein Krater sein, der sich selbst verschlingt." Am liebsten würde ich mich in seine Arme werfen, so verloren fühle ich mich, so sehr berührt mich seine Stärke, seine Art, die Dinge auf den Punkt zu bringen, ohne belehrend zu sein. Seine Optik ist natürlich auch nicht schlecht, ich weiß, das habe ich schon ein paar Mal erwähnt. Remi nimmt meine Hand. „Das hört sich aber mächtig deprimiert an. Gestern hatte ich das Gefühl, du bist optimistischer als bei deiner Ankunft. Was kann ich tun, damit du diese Stadt nicht so verlässt?" Im Moment fällt mir wirklich nur eine Umarmung ein. „Du hast schon so viel getan. Also nichts. Du hast mir mehr gegeben als ich es in den letzten Jahren erleben durfte. Danke! Danke! Danke!" Remi schaut auf die Uhr und steigt vom Turm. „Ich kann gehen, ich bin fertig, ich höre heute schon zu Mittag auf. Kann ich wirklich nichts mehr für dich tun?" Kräftig schüttle ich den Kopf hin und her, ich spüre, dass ich mit den Tränen kämpfe. Er drückt mir einen Kuss auf die Wange und streicht mir über den Kopf. „Schreib mir mal, wie es dir so geht. Okay?" Ich umarme ihn und küsse ihn links und rechts auf die Wange, meine Handlung überrascht mich selbst, aber ich habe das Gefühl, einen guten alten Freund zu verlieren. „Ich werde dir schreiben! Und du pass auf dich auf, lass das Meer nicht über dich herrschen, versuche die Kontrolle zu behalten, wenn es stürmisch wird. Du leichtsinniger, mutiger Mann, der die Welt erobern möchte." „Mach's gut, mein lieber Krater."

Luise la francaise

Irgendwie fühlt sich mein Aufenthalt hier in Nizza wie beendet an, weil Remi nicht mehr da ist. Die Begegnung mit ihm hat mich mehr berührt als ich es mir eingestehen möchte. Klar, er sieht verdammt gut aus, aber darum geht es gar nicht, wir haben miteinander geredet, wir haben uns Zeit dafür genommen, wir waren ehrlich zueinander. Dabei waren wir vor ein paar Tagen noch Fremde. Vermutlich ist das auch der Trick, den man beim Seiltanz mit dem Partner nicht anwenden kann. Marian bezieht alles auf seine Handlungen, meinen Wunsch nach Veränderung kann er nicht losgelöst betrachten. Könnte ich auch nicht, wenn ich ehrlich bin. Ich schon gar nicht. Vier Stunden bin ich hier noch ganz allein, mit mir, Luise la francaise. Dann geht es zum Flughafen. Ich verlasse den Bademeister-Turm und gehe am Strand entlang. Jede einzelne Passage zwischen Remi und mir gehe ich durch. Analysiere sie mit der Genauigkeit einer Chirurgin. Ich lasse mich auf das Gesagte und das Nicht-Gesagte ein. Wie kann eine Zufallsbekanntschaft in so wenigen Stunden so viel in mir bewirken und mein Ehemann nicht? Remi ist wohl der Mensch, der mich wie ein unbeschriebenes Blatt kennengelernt hat und ich völlig frei entscheiden konnte, welchen Teil ich von mir darauf zeichne. Eine Erfahrung, die ganz allein mir gehört. Ein Gefühl, das ich schon lange nicht mehr hatte. Ich bleibe bei einer Strandbude stehen, die Strandspielzeug verkauft. Ich nehme einen Flamingo und einen Pinguin, mit denen man im Meer herumplantschen kann. Ich freue mich auf meine Kleinen, ich freue mich auf den Alltag mit ihnen, aber ich möchte auch möglichst schnell mit ihnen ans Meer. Ich wünsche mir für sie, dass sie wie zwei unbeschriebene Blätter immer und immer wieder in einer neuen Stadt ihr eigenes Ich neu definieren können. Das ist das Wichtigste, das ich hier gelernt habe. Ich entdecke eine Boutique mit Strandkleidung. Sie sieht sehr chic aus, das lässt vermutlich auch auf die Preise schließen, trotzdem gehe ich hinein. Ich schaue mich um, sie haben wirklich schöne Sachen, die sie sich auch bezahlen lassen, aber gut, ich will nicht knausrig sein. Marian hat mir immerhin ermöglicht, dass ich in diesem Laden stehe. Ich kaufe für ihn eine Badehose, ihre blauen und grünen Töne fließen ineinander. Wirklich ein schönes Stück, sie wird Marian stehen. Auch er sollte sich endlich mal wieder Urlaub nehmen, die Zehen in den Sand stecken, den Meerblick genießen und Cocktails an der Bar trinken. Genau das möchte ich mit ihm und den Kindern erleben. Das ist mir hier so richtig bewusst geworden. Was Meeresluft in Kombination mit Gesprächen bewirken kann. Ich weiß schon, es war jetzt nicht der eigene Mann, aber dieser klitzekleine Ausflug hat meinen Horizont gewaltig erweitert.

Ich schaue auf die Uhr, schön langsam muss ich ins Hotel, sonst verpasse ich meinen Flug. Gemütlich gehe ich zurück, mit jedem Blick, den ich auf das Meer werfe, versuche ich, dieses glitzernde Blau in mir festzuhalten. Ich gehe in das Hotel, diese Lobby beeindruckt mich immer wieder. Mehr Gold geht nicht. Ich gehe in mein Zimmer und packe meinen Koffer, ein paar Tage mit Remi hätte ich noch vertragen. Ich checke aus und bedanke mich dabei für den schönen Aufenthalt, das sage ich mehr zu mir als zum Portier, ich bitte ihn aber deutlich um ein Taxi. Ich bleibe vor dem Hotel stehen und schaue auf den Strandabschnitt. Es ist jetzt ein Strand ohne Remi. Ein Strand ohne Luise. Das Taxi ist erstaunlich schnell da, so als hätte es schon auf mich gewartet. Während der Fahrt schaue ich aus dem Fenster, mit jedem Meter verliere ich ein Stück Luise la francaise. Wie ich diese neue Version von mir nach München retten soll? Ich habe keine Ahnung. Am Flughafen bläst mir die kalte Klimaanlage entgegen. Ja, es wird jetzt kälter, ich weiß. Das Flugzeug verlässt die Landebahn von Nizza. Der Start in ein neues Leben? Der Flugbegleiter reicht mir ein Croissant mit Marmelade und fragt mich, was ich trinken will. Ich wähle einen Kaffee und beiße in das Croissant. Nizza, irgendwann komme ich wieder. Die Stimme des Piloten kommt aus dem Lautsprecher. „Wir begrüßen Sie in Deutschland. Ich hoffe, sie hatten einen guten Flug." Ich habe das Gefühl, ich bin noch immer im Flugmodus. Direkt in den Krater. Ich stehe auf und gehe langsam aus dem Flugzeug. Bei der Gepäckausgabe warte ich eine Ewigkeit. Vielleicht ist mein Koffer in Nizza geblieben, wie ein großes Stück von mir. Doch da kommt er schon, ich bin also wieder komplett. Komplett durcheinander. Ich nehme ihn vom Gepäckband und gehe zum Taxistand. Es regnet. Mehr Realismus geht nicht. Ich steige ins Taxi und schaue aus dem Fenster. Eine einzige Palme wäre schön. Ich werde mir auf jeden Fall eine in den Garten stellen und darauf hoffen, dass sie das Klima hier überlebt. Der Verkehr ist sehr dicht, der Taxifahrer bleibt geduldig, wofür er meinen größten Respekt bekommt. Trotz Stau kommen wir irgendwann vor meinem Haus an, ich bezahle und bleibe kurz auf der Rückbank sitzen. Sein verwirrter Blick stört mich nicht, ich bin ihm dankbar, dass er mich nicht darauf anspricht. Ich gönne mir noch zwei Sekunden Luise la francaise, bevor ich die Tür in mein gewohntes Leben öffne.

Die Kinder laufen auf mich zu und springen mich an und hängen sich an den Hals. Die beliebteste Begrüßung, die direkt zum Osteopathen führt. Marian begrüßt mich weniger stürmisch, aber mit einem Kuss. „Wie war der Flug?" Eine der unnötigsten Fragen überhaupt, denn ich habe noch nie jemanden gehört, der jemals mehr darüber gesagt hätte als die typische Antwort einer 5jährigen. „Eh gut." Marian geht in die Küche. „Meine Mutter hat uns Essen mitgegeben, hast du Hunger?" „Und wie. Essen von deiner Mutter. Dafür braucht man keinen Hunger zu haben." Und schon bin ich wieder schön eingegliedert in das System der Familie. „Mama, hast du uns was mitgebracht?" Ich gehe zum Koffer und hole die zwei Badetiere heraus. „Hier, meine Lieben! Damit werden wir ganz bald ans Meer fahren." Marian stülpt die Jausenbox in einen Kochtopf und stellt ihn auf den Herd. „Werden wir das?" „Also ich mit den Kids auf jeden Fall." „Also doch der Bademeister? Ziehst du jetzt zu ihm?" Ich gehe noch einmal zu dem Koffer und hole die Badehose. „Er zieht zu uns. Ich habe dir dieses Teil gekauft, dass dir unheimlich gut stehen wird, wenn du am Strand entlangläufst. Ich kann es kaum erwarten, zuzusehen, wie mein Scheidungsanwalt zu einem waschechten Sunnyboy wird." „Ah, dein Bademeister hat aber einen ordentlichen Eindruck bei dir hinterlassen. Wann besuchen wir ihn?" Ich umarme meine Kinder und drücke sie an mich, ich könnte mich in ihnen vergraben, so sehr dringt die Liebe durch mich, die ich für diese kleinen Wesen empfinde.

Kein Sunnyboy der Welt könnte mich von meinen Rotznasen weglocken. Ich reiche Fabian ein Taschentuch. Das Regenwetter hinterlässt verlässlich seine Spuren. Es ist Schnupfenzeit. Marian schüttet den Gemüseeintopf auf die Teller und stellt sie auf den Tisch. Ich setze mich grinsend hin. „Der Hausmann steht dir wirklich gut. Ich könnte mich daran gewöhnen." Marian legt die Gabeln zu den Tellern. „Das kann ich mir gut vorstellen. Das ist dein Lebensstil. In Nizza mit einem Sunnyboy abhängen und daheim bekocht werden." „Das sind Umstände, die ich durchaus aushalten würde. Du hast eine ganz falsche Vorstellung von dieser Sache mit uns, also nicht mit uns, mit ihm, also von dieser Sache mit ihm, dieser Begegnung. Ich erzähle dir einfach seine Geschichte später, wenn wir im Bett sind. Okay?" „Na, da bin ich aber gespannt, ob die uns dann zu einem Happy End bringt." Ich lache laut auf, Marian ist also doch verunsichert. Fein!

Die Kinder setzen sich an den Tisch, stecken die Gabel in den Eintopf und stellen fest, dass sie Gemüse so überhaupt nicht mögen. Ich habe im Moment echt keine Lust, sie zu überreden und ihnen die Vorteile von Gemüse aufzuzählen. Ich lasse sie vom Tisch aufstehen, damit sie mit ihren neuen Wassertieren am Sofa Wellen reiten können. Marian und ich essen in Ruhe weiter, er erzählt mir in allen Einzelheiten, die ich wissen und nicht wissen will, wie es mit den Kindern bei seiner Mutter war. Ich täusche Interesse vor und beame mich gedanklich an den Strand. Morgen bin ich wieder voll und ganz da. Großes Indianer-Ehrenwort. Ich esse den letzten Bissen und räume die Teller ab, ich sehe, dass die kleinen Rotznasen mit dem Schlaf kämpfen. Ich schnappe sie mir und gehe mit ihnen Zähne putzen. Denn wenn sie diesen einen Moment übertauchen, dann ist hier noch länger Party. Das will ich nicht riskieren. Ich lege die Kinder ins Bett und lese eine Gute-Nacht-Geschichte vor. Die Buchstaben beginnen zu verschwimmen, ich kann das Gähnen nicht unterdrücken. Ich bin hundemüde. Ich bin mir nicht sicher, ob ich noch mitkriege, ob der Bär Balou seinen Freund Hase Bommel wiederfindet. Tapfer kämpfe ich gegen den Schlaf an. Ich setze mich ein Stück auf, um meinem Körper zu signalisieren, dass er wachbleiben soll. Ich möchte Marian alles erzählen, wirklich alles. Auf seine Reaktion bin ich wahnsinnig neugierig. Doch an der Stelle, wo der Bär Balou seinen Freund Hase Bommel endlich trifft, schlafe ich ein. Luise la francaise schläft.

Sunnyboy im Slim Fit-Anzug

Eine Nacht mit 8 Stunden Schlaf. Das hat schon was, wenn man mit einem Bären und einem Hasen einschläft. Ich drücke auf die Kaffeemaschine und hole eine Tasse, ich schaue auf mein Handy und sehe eine Nachricht. Remi hat mir ein Foto vom Meer geschickt. Ich muss grinsen. Marian kommt in die Küche. „Warum lächelst du?" „Weil ich an Nizza denke. An all das, was ich dort lernen durfte." „Ich hätte gestern Abend gerne mehr davon erfahren, aber du bist bei den Kindern eingeschlafen." „Ist mir auch aufgefallen, aber wir könnten es jetzt nachholen?" „Luise, ich muss ins Büro. Ich muss mich fertig machen. Du musst die Kinder aufwecken." Ich kann diesen Ausdruck, ich muss mich fertig machen, nicht mehr hören. Das ist so eine dämliche Redewendung, die gegen einen selbst gerichtet ist. Das ist mir vor Nizza gar nicht aufgefallen, dieser Remi hat meine Wahrnehmung wirklich verändert. „Marian, kannst du es bitte anders formulieren?" „Was?" „Du musst dich nicht fertig machen. Du richtest dich her. Okay?" „Äh. Okay. Machst du bitte die Kinder fertig?" „Ja, mache ich." Ich glaube, ich kann ihm das jetzt nicht erklären. Das ist ihm wohl zu viel Selbstreflexion zwischen Müsli und Zahnpasta. Paula und Fabian sind kaum aus dem Bett zu kriegen, deswegen lasse ich sie mit ihren Wassertieren aus dem Bett reiten. Ich mache ihnen Frühstück, ziehe sie an, putze ihnen die Zähne und stecke sie in ihre Jacken und Schuhe. Ein Abschiedskuss kommt noch dazu. Routine ist mein zweiter Vorname. Die Kinder sind bereit für den Transport in den Kindergarten. Marian sieht richtig gut aus in seinem Slim Fit-Anzug, aber in der neuen Badehose mit Strandkulisse würde er noch besser aussehen. Ich umarme ihn und drücke ihm einen Kuss auf seine weichen Lippen. Er wäre das beste Testimonial für Lippenpflege. In dieser Sekunde fällt mir mein Job ein. Da war doch was. Die Zahnpasta.

Ich gehe duschen und putze die Zähne. Ich werde heute noch der Zahnpasta und mir eine klitzekleine Chance geben, denn ich weiß ehrlich nicht, ob ich den Plan B ohne Remi, aber mit Regen schaffe. Ich schlüpfe in ein blaues Kleid und schminke mich. Ein bisschen zu viel Lidschatten vielleicht, aber hey, ich komme gerade von meiner ganz persönlichen Party. Ich schnappe meine Jacke und gehe zum Auto, Frau Hofmann winkt mir zu und ruft mich. „Luise, wollen Sie die ganzen Sachen nicht haben?" Ich gehe zu ihr, ich möchte nicht, dass sie sich im Regen verkühlt. „Entschuldigen Sie bitte, ich möchte alles davon haben. Jedes einzelne Stück. Ich habe nur keinen Platz, wo ich es lagern kann. Und ich war gerade in Nizza, deswegen habe ich mich nicht gemeldet." „Oh das ist aber schön. Nizza! Da war ich auch immer wieder gerne. Da habe ich auch einige Vasen und ein paar Lampen mitgenommen. Wollen Sie sie sehen?" Ich weiß, ich muss ins Büro, aber ich möchte zumindest für ein paar Minuten einen Hauch von Luise la francaise spüren. Ich gehe mit Frau Hofmann in den Keller. Ich ignoriere die Tatsache, dass ich mein Glück im Keller finde. Ich habe das Gefühl, dass sie Klein-Nizza hier in ihren Regalen hat. Sie nimmt eine grüne Lampe mit weißen Streifen in die Hand und gibt sie mir. „Das glaube ich jetzt nicht, so eine habe ich jetzt in Nizza gekauft. Sie soll in meinem Laden stehen, wenn ich irgendwann einen habe." Frau Hofmann holt noch ein paar Vasen hervor, ich sehe ihr Lächeln, ihre Hände zittern. „Also wenn das Angebot noch steht, ich könnte Ihnen ein bisschen helfen, wenn Sie noch jemanden brauchen."

Manchmal fügt sich einfach alles. Irgendwie schon komisch. Da läuft man sein halbes Leben der Karotte hinterher, dann bekommt man sie plötzlich am Silbertablett serviert. „Das ist jetzt wirklich unglaublich! Ich bin die Luise. Wollen wir nicht Du zueinander sagen? Ich weiß, ich sollte das eigentlich nicht anbieten, aber es bietet sich gerade an. Verstehst du?" Frau Hofmann kichert. „Sehr gerne, ich bin Esmeralda." Ich stelle die Lampe ganz vorsichtig zurück in ein Regal. „Freut mich! Du könntest dir das wirklich vorstellen, mit mir all diese Sachen zu verkaufen?" „Ja, das könnte ich. Was habe ich denn schon zu verlieren? Sollte ich es körperlich nicht schaffen, dann werde ich es dir sagen, aber im Moment habe ich das Gefühl, dass ich dadurch nur etwas gewinnen kann." Ich muss an Remi denken, diese Sätze könnten von ihm sein. Ich nehme eine gelbe Vase in die Hand und betrachte sie. „Ich weiß noch nicht, wann und wie ich es schaffe, aber du ermutigst mich, daran zu glauben. Danke dafür! Wenn ich genug Mut für dieses Abenteuer habe, dann melde ich mich. Versprochen!" „Möchtest du einen Kaffee? Ich habe extra eine frische Packung gekauft. Lass dir Zeit mit deiner Entscheidung, aber nicht zu viel Zeit. Ich weiß nicht, wie lange ich noch fit bin." „Du wirst noch ewig fit sein, das weiß ich! Ich muss jetzt ins Büro fahren, es ist fast Mittag. Ich war schon viel zu lange bei dir! Ich melde mich bald wieder!" Ich ziehe meine Schuhe an und steige ins Auto.

Ich bin vollgepumpt mit Adrenalin und so steige ich auch aufs Gas. Ich rufe Carmen an. „Ich bin wieder da. Du willst sicher die Kurzfassung von meinem Trip nach Nizza hören. Oder?" „Die Langfassung bitte." „Glaube mir, so genau willst du es gar nicht wissen." „Ich war in Nizza, zuerst habe ich meine Kinder vermisst, mich auf der Liege gelangweilt. Dann habe ich Remi getroffen und die herrlichsten Stunden seit langem verbracht. Jetzt hat mir Frau Hofmann angeboten, dass sie mir bei meinem neuen Laden hilft. Das ist die Kurzfassung." Ich höre am Ende der anderen Leitung genau nichts. „Carmen? Bist du noch dran?" „Jaja, ich muss das alles erst in meinem Kopf sortieren. Und wer ist Remi? Ich hatte einen gewissen Marian in Erinnerung." „Sehr witzig. Aber ich verstehe, dass das viel ist. So geht es mir mit deinen Männern immer. Ich muss mir all diese Namen merken. Jetzt verstehst du mein Schicksal." Ich höre Carmen laut lachen. „Du bist wirklich arm! Die waren doch nicht wirklich lange en vogue, die meisten Namen hättest du dir gar nicht merken müssen. Wann können wir das alles besprechen? Ich muss das sofort wissen." „Am Freitag?" „So lange kann ich nicht warten! Wann ist das passiert, dass wir uns nicht mehr alles sofort erzählen? Du hättest mir von diesem Remi schon in Nizza berichten müssen!" „Ja, das mag stimmen. Ich hatte keine Zeit. Ich habe oft an dich gedacht." „Das hört sich nach einem Beziehungsende an. So macht man Schluss. Ich bin darin Expertin!" „Du bist mein Fels in der Brandung! Auf dich könnte ich niemals verzichten. Du kennst den Wert der Freundinnen." „Wann darf ich meine Rolle erfüllen und mit dir alles analysieren?" „Ich muss ins Büro. Ich schreibe dir heute noch, wann es geht. Ich freue mich auf dich!" Ich lege auf und sehe, dass Marian mich anruft. Das macht er wirklich nur, wenn ein Notfall ist.

Mein Herz beginnt zu klopfen, ich spüre wie mir heiß wird. „Was ist los?" „Ich wollte dich fragen, ob wir miteinander Mittagessen gehen wollen? Wir haben uns schließlich seit Nizza nicht gesehen." „Du kannst Mittagessen gehen, warum sagst du mir das erst hundert Jahre später?" „Auch Anwälte müssen etwas essen, aber meistens hole ich mir schnell etwas vom Take away oder habe Mittagessen mit irgendwelchen Kunden, die mir ihr Herz ausschütten oder ihre Kontoauszüge zeigen." „Es könnte durchaus sein, dass ich auch mein Herz ausschütte. Und ich habe ein großes Herz." Ich höre Marians Lachen. „Dafür liebe ich dich auch. In 30 Minuten vor meinem Büro? Ich zeige dir ein grandioses Sushi-Lokal." „Ist das ein Date?" „Nenn es, wie du willst, aber ich glaube, das kann man so nennen." „Ich bin am Weg." Ich schaue in den Autospiegel und bin froh, dass ich mich heute in Schale geworfen habe. Der Chic aus Nizza wirkt noch nach. Und mein Büro kann warten. Ich habe noch nie eine Zahnpasta gesehen, die davongelaufen ist. Ich muss mit meinem Ehemann mein Leben besprechen. Wer diese Dringlichkeit nicht versteht, dem kann ich auch nicht helfen. Ich stelle mein Auto vor dem Büro von Marian ab und steige aus, ich sehe meinen Ehemann schon vor dem Eingang stehen. Um die Mittagszeit sieht er irgendwie anders aus.

Ich gehe zu ihm hin, er zieht mich zu sich und küsst mich. „Warum musste ich so lange warten, um herauszufinden, dass du auch zu Mittag mal Zeit hast?" Marian küsst mich noch einmal. „Ich war ein bisschen eifersüchtig auf diesen Bademeister, ich wollte nicht, dass du mich vergisst." Er nimmt meine Hand und schlendert mit mir über die Straße. Nizza wirkt nach, aber hallo. Ich drücke Marian einen Kuss auf die Wange. „Nur dass du es weißt, es war mir vollkommen egal, dass Remi ein wirklich gutaussehender Mann war. Ich habe mich bloß für seine Worte interessiert." Marion küsst mich wieder und zieht mich ganz eng an sich. „Wir müssen nicht reden." Wäre das jetzt ein klassischer Karotten-Reste-Moment, dann hätte ich ihm jetzt seine Worte um die Ohren gehauen, aber ich freue mich jetzt wirklich auf ein tolles Mittagessen mit meinem Ehemann.

Marian bleibt vor einem äußert hübschen Lokal stehen und hält mir die Tür auf. Plötzlich stehe ich in einem fast schwarzen Lokal mit goldenen Kerzenständern, es irritiert mich, dass Marian hier Mittagessen geht. „Hier machst du deine Mittagspause?" „Nein. Habe ich das gesagt? Ich war noch nie hier, aber ich bin schon oft daran vorbei gegangen, ich dachte mir immer, wenn wir mal Zeit haben, dann kommen wir hierher." Der Kellner bringt uns zu einem schwarzen Tisch, auf dem goldene Servietten liegen. Ich setzte mich auf diesen trendigen Stuhl, der äußerst ungemütlich ist. „Das ist ein wirklich schöner Gedanke! Ich sollte mir ein Bademeister-Abo gönnen, damit du dir mehr Zeit nimmst." „Das kann ich mir nicht leisten. Erzähl mir, wie war es in Nizza? Ich bin neugierig." Eine Kellnerin bringt die Speisekarten. Ich suche nach der passenden Speise und nach den passenden Worten. „Es war schön und anstrengend zugleich. Auf der einen Seite habe ich es genossen, von all der Schönheit umgeben zu sein und mal Zeit für mich zu haben. Auf der anderen Seite war es auch anstrengend, den Spiegel so vorgehalten zu bekommen. Und ich habe noch etwas gelernt. Es ist gar nicht so prickelnd, allein unterwegs zu sein." „So ganz allein warst du ja dann nicht. Was bestellst du zu essen?" „Ich nehme die Avocado-Maki. Bist du doch eifersüchtig? Remi hat mir Fragen gestellt, die mir keiner von euch stellt. Er war neugierig auf mich, das war ein schönes Gefühl. Ich lag wie ein unbeschriebenes Blatt vor ihm, ich konnte ihm meine Version erzählen, nicht die, die andere miterlebt haben. Es hat mich wieder spüren lassen, dass alles möglich ist, wenn man sich selbst hinterfragt und neu definiert. Weißt du? Es hat so gutgetan, mal einfach nur Zeit zum Reden zu haben." Marian nimmt meine Hand. „Aber wir können doch auch über alles reden. Dafür musst du nicht nach Nizza fliegen." „Doch! Das musste ich! Das ist doch offensichtlich! Oder wann sind wir das letzte Mal gemeinsam in deiner Mittagspause in einem Lokal gesessen? Ist das überhaupt schon einmal passiert? Wann nehmen wir uns Zeit für Gespräche? Für dich ist alles in Stein gemeiselt. Du hast deinen Job, der dich erfüllt. Ich bin bei den Kindern. Das ist deine Version von uns, ich aber habe eine andere Version von mir. Die hatte ich in Wahrheit immer schon, in die du dich vor vielen Jahren verliebt hast. Die habe ich in Nizza wieder gefunden, die werde ich nicht mehr aufgeben. Ich möchte auch etwas gestalten, meinen eigenen Entwurf vom Leben haben. Was habe ich schon zu verlieren, wenn ich meinen Job kündige. Ich kann schnell wieder einen Job in der Branche finden, sollte es nicht klappen." „Das alles hast du mit diesem Bademeister besprochen? Warum nicht mit mir?" „Das habe ich doch versucht, erinnerst du dich an unseren New York-Streit?" Marian setzt sich gerade hin.

„Ja, ich weiß noch immer nicht, was genau so schlimm daran war. Ich wollte dich doch eh unterstützen." „Mit einer Nanny. Das System Nanny hat schon seine Relevanz, aber ich hätte mir gewünscht, dass du sagst, du nimmst mir die Kinder ab, nicht jeden Tag natürlich. Ich hätte mir gewünscht, dass du sagst, wir machen das gemeinsam, aber du wolltest dich da rausschleichen, in dem du deinen Part bei den Kindern auslagern wolltest." „Wenn ich jetzt auch noch aufhöre zu arbeiten, weil ich bei den Kindern bin, während du deinen Träumen nachjagst. Na bravo, dann können wir uns sicher finanzieren. Ich habe nicht vor, meine hart erarbeitete Kanzlei aufzugeben." „Du redest nur vom Job, was ist mit unseren Kindern? Die sind unserer Liebe entsprungen, weißt du noch?" „Geh bitte, schau, ich sage ja nichts, du kannst dein Ding ja ausprobieren, aber bitte verlange jetzt nicht von mir, dass ich auch etwas ändere. Okay?" „Hat auch keiner gesagt. Ich will nur, dass du dich hin und wieder für deine eigenen Kinder verantwortlich fühlst." „Luise, das tue ich mit jeder Sekunde. Ich bin für meine Kinder da, wann ich Zeit habe, wo bin ich dann? Ich bin bei meinen Kindern. Ich gehe so gut wie nie aus, ich bin am Wochenende immer bei euch, ich tue wirklich alles für euch, wenn ich nicht in der Kanzlei bin. Ich würde mir wünschen, dass du das auch siehst. Ich sorge für uns, ich mache das auf meine Art. Es muss auch für dich in Ordnung sein. Ganz ehrlich, warum willst du unser Leben jetzt so verändern? Es ist doch alles gut, so wie es ist. Was willst du da jetzt plötzlich alles hinterfragen?" „Das meine ich! Deswegen musste ich nach Nizza! Du beziehst meine Träume sofort auf dich, es geht endlich einmal um mich. Verstehst du das nicht? Du kannst deinen Weg als Anwalt gehen, wenn ich einen Traum habe, dann heißt es gleich, jetzt will sie ihr eigenes Ding durchziehen, obwohl sie Kinder hat. Das ist nicht fair! Auf deine Unterstützung kann ich also nicht zählen. Ich muss das jetzt allein versuchen, ich kann es nicht davon abhängig machen, was du davon hältst, wie du es bewertest. Es ist mein Weg."

Die Kellnerin kommt und nimmt unsere Bestellungen auf. „Aber wir sind nun mal in einer Ehe und haben gemeinsame Kinder. Wir müssen unsere Entscheidungen gemeinsam treffen. Wir sind ein Team. Du kannst jetzt nicht einfach so dein Ding durchziehen, Luise." „Ja, das sind wir als Paar, aber ich als Luise, ich kann selbst entscheiden, wie ich meine Stunden auffülle, wenn du im Büro bist. Es macht für dich keinen Unterschied, ob ich in einem PR-Büro sitze oder einen eigenen Laden habe." „Den kannst du wirklich zu Mittag schließen? Und was ist mit den Reisen?" „Da habe ich schon einen Plan. Hin und wieder werde ich einen kurzen Städtetrip machen, es klappt doch wunderbar, wenn du auf die Kinder aufpasst. Manchmal werde ich die Kids auch mitnehmen oder wir fahren als Familie, was mir sowieso am liebsten wäre." „Das klingt ganz so als müsste ich tatsächlich meine Kanzlei aufgeben." Die Kellnerin stellt das Essen auf den Tisch, ich nehme ein Maki in den Mund. „Sei doch jetzt nicht sarkastisch. Kann das sein, dass du Angst vor Veränderung hast?" Marian schluckt ein Stück Ente hinunter. „Gut möglich. Bisher konnte ich mich darauf verlassen, dass ich mich zu 100 Prozent auf meinen Job konzentrieren und meine Familie versorgen kann." „Aber vielleicht musst du das gar nicht mehr, wenn mein Laden gut läuft. Lass es mich ausprobieren, wenn es nicht funktioniert, kann ich immer noch in ein Büro zurück." „Wie du meinst, ich habe das Gefühl, du willst das wirklich durchziehen. Mit diesem Bademeister ist jetzt alles besprochen? Der taucht in deinen Plänen nicht mehr auf?" Ich nehme seine Hand und schaue ihm in die Augen. „Ich wollte ihn eigentlich als Angestellten einstellen." Ich muss laut loslachen. „Nein, seine Sätze werden mich begleiten, die haben in meinem Kopf wirklich etwas bewirkt, aber sonst bist du der einzige Sunnyboy im Slim Fit-Anzug, der mein Herz erobert."

Mehr Output bei der Zahnpasta

Händchenhaltend gehe ich mit Marian zurück zum Büro, ich küsse ihn als wäre es das letzte Mal, drehe mich um und gehe zum Auto ich weiß jetzt, was zu tun ist. Ich muss ins Büro. Und zwar Pronto. Ich muss meinem Chef sagen, dass ich so nicht mehr weitermachen kann. Mein Telefon läutet, Marian ruft an und ich hebe ab. „Vermisst du mich schon? Willst du dich für das Mittagessen bedanken?" „Luise, es tut mir leid, aber ehrlich gesagt, mir geht das alles zu schnell. Du stellst dir das in deiner Fantasie alles so rosa vor, aber wie willst du das mit den Städtetrips machen? Wer soll deinen Laden bezahlen? Und was ist, wenn du nichts damit verdienst? Wenn du draufkommst, dass das jetzt doch nicht die beste Idee war. Luise, ganz ehrlich, du bist eine Träumerin. Das weißt du doch selbst. Ich meine, du verlangst von mir, dass ich auf die Kinder aufpassen soll, dass ich aber auch dein finanzielles Sicherheitsnetz bin, wenn ich das richtig verstehe. Oder?" Ich fahre ran und stelle den Motor ab. „Okay, das geht jetzt zu weit. Ich habe mir im Lokal schon angehört, dass du der Checker bist bei uns, aber jetzt reicht es mir. Weißt du was, ich habe genug davon, dass du den großen Ernährer spielen willst. Ich habe mit keinem Wort gesagt, dass du auch nur irgendetwas finanzieren sollst. Ich habe dich lediglich als Vater in die Pflicht genommen. Marian, ich erkenne dich nicht wieder. Wer bist du? Lassen wir das jetzt, ich brauche eine Pause." „Eine Pause von unserer Beziehung?" „Nein, eine Pause von deinem Gerede. Ich lege jetzt auf."

So kann ich unmöglich ins Büro fahren. Bei meiner Kündigung wollte ich Klaus strahlend und überzeugend gegenübersitzen, ich wollte keinen Zweifel zulassen, dass ich auch nur eine Sekunde nachdenke, doch in diesem Büro zu bleiben. Warum verunsichert er mich so mit seinem Gerede? Er sollte diese Fragen nicht stellen, er sollte einfach an mich glauben. So macht man das in einer Ehe, die das Prädikat wertvoll verdient. Die Tränen laufen mir über das Gesicht, ich schaue in den Spiegel. So kann ich unmöglich in das Büro fahren und meine Kündigung einreichen. Das geht erst morgen, wenn ich den letzten Rest von meinem Selbstbewusstsein gefunden habe. Das liegt nämlich wie ein explodierter Luftballon in lauter kleinen Fetzen herum. Ich könnte ein Gespräch mit Carmen gebrauchen, ich wähle ihre Nummer. „Jetzt ist deine Chance. Wollen wir vor dem Kindergarten eine Runde spazieren?" „Ich bin am Weg."

Carmen kommt auf mich zu, ich falle ihr sofort in die Arme und beginne zu heulen. „Süße, was ist denn los?" „Ich weiß gar nicht, wo ich anfangen soll. Ich war doch in Nizza, dort hatte ich endlich das Gefühl, dass alles möglich ist, wenn man daran glaubt. Ich habe einen Hauch alter Luise gespürt, weißt du noch? Ich war unerschrocken, ich war ein crazy Chicken, das sich selbst herausfordern wollte. In Nizza habe ich Remi kennengelernt, er hat mir geholfen, mich von der Vogelperspektive aus zu betrachten. Das hat so gutgetan. Er hat mir das Gefühl gegeben, dass ich eine Frau bin, die alle Möglichkeiten hat, wenn sie sie nur sieht. Und dann gehe ich mit meinem Ehemann essen und er weist mich derart in die Schranken, dass ich mich klein fühle." Ich löse mich von Carmen und suche ein Taschentuch, ich bin selbst überrascht von dieser Wucht, die über mich hereinbricht. Carmen streicht mir ein Haar aus dem Gesicht. „Süße, es tut mir wahnsinnig leid, aber ich denke, das ist der Beginn einer neuen Ära. Du nimmst es nicht mehr so hin, weil du dauernd im Stress bist mit Job und Kindern, du nimmst dir die Zeit, es zu hinterfragen. Auch wenn es sich im Moment nicht so anfühlt, aber das ist ein großer Schritt. Und dieser Remi, wo hast du den her?" Ich schnäuze meine Nase und muss lachen. „Das war ja klar, dass das der interessanteste Teil für dich ist." „Naja, den Rest kenne ich schon. Den habe ich klar vor Augen." „Remi habe ich am Strand kennengelernt. Wir haben viel geredet, mehr nicht. Ehrlich nicht." „Du kannst es also doch noch! Da lässt man dich einmal allein und du verdrehst den Männern den Kopf." „Ich würde sagen, er hat mein Leben verdreht." „Hättest du dir vorstellen können, mit ihm durchzubrennen?" „Was? Nein! Ich liebe Marian, auch wenn er sich manchmal unmöglich benimmt. Er ist halt das klassische Modell, aber trotzdem ist er der Mann, mit dem ich mein Leben verbringen möchte. Ich sollte ihn anrufen und mich mit ihm versöhnen. Es macht ihm Angst, dass ich mich verändern möchte, das muss ich auch sehen." „Was genau macht ihm da Angst?" „Ich möchte einen Laden eröffnen, das bedeutet ein finanzielles Risiko. Ich nehme an, er fürchtet sich davor, dass ich meinen Teil der Kosten nicht mehr übernehmen kann, dass ich mich übernehme. Er hat sicher auch Angst davor, dass er dann den Spagat Kind und Job nicht mehr schafft, wenn er die Kinder öfter übernehmen muss. Und dann habe ich auch noch erwähnt, dass ich reisen möchte. Das war wohl alles nicht wirklich greifbar für ihn." „Ich kann mir das alles richtig gut vorstellen. Wenn du willst, kann ich dich dabei unterstützen. Ich kann hin und wieder im Laden helfen oder auf deine Kinder aufpassen." „Im Laden helfen, das wäre schön. Das würdest du tun?" „Natürlich! Auch dort kann man Champagner trinken. Und da kommen sicher viele hübsche Männer, die auf kleine Vasen stehen." „Die kann ich dir nicht versprechen, aber meine ewige Dankbarkeit. Ich muss jetzt da hineingehen und meine Kinder holen. Danke, es hat so gut getan mit dir zu reden." Ich umarme Carmen und gehe in den Kindergarten.

Paula und Fabian entdecken mich und laufen stürmisch auf mich zu. Haben mich diese kleinen Racker doch sehr vermisst. Aktive Omas sind also doch nicht so gefährlich. Ich umarme sie und gebe ihnen einen dicken Kuss. „Jacke und Schuhe anziehen. Wir gehen jetzt einen Kuchen essen." Es ist mir bewusst, dass ich wohl die beliebteste Oma-Variante wähle, um die Kleinen zu begeistern. Bei Schokokuchen und Cheesecake versuche ich, den Kindern zu erklären, was ich jetzt konkret so vorhabe, aber die Konsistenz des Kuchens ist interessanter. Paula nimmt ein Stück in den Mund und stellt mir immerhin eine Frage. „Ziehen wir jetzt nach Nizza?" „Wie kommst du denn jetzt darauf?" „Naja, du warst in Nizza und hast davon gesprochen, dass du alles ändern willst." „Nein, Kind. Wir ziehen nicht nach Nizza. Ich werde nur meinen Job verändern." „Ahso. Holst du uns dann noch immer vom Kindergarten ab?" „Natürlich!" Ich hoffe, dass Gespräch mit meinem Chef läuft besser. Am liebsten würde ich Remi anrufen. Ich brauche ein bisschen Abenteurer-Energie, aber der ist wohl auf einem Schiff, irgendwo im Ozean. So verloren fühle ich mich auch gerade, aber Remi, der ist sicher nicht verloren Das ist wieder einmal nur Luise Winter. Ich schnappe die

Kinder und fahre mit ihnen nach Hause, ich bin so erledigt, dass ich dankbar bin, dass Bibi Blocksberg jetzt den Babysitter macht. Ich werfe mich auf das Sofa und höre die Tür. Marian ist zu Hause, um diese Uhrzeit, das ist so außergewöhnlich wie das Mittagessen heute. Hinter seinem Rücken holt er einen großen Blumenstrauß hervor, ein Meer voller Rosen, aber kein Rettungsring. „Luise, ich weiß, ich habe mich wie ein Macho verhalten. Ich habe Dinge gesagt, die dich verletzt haben. Können wir noch einmal in Ruhe darüber reden?" Ich nehme die Rosen und rieche daran, ich liebe diesen Duft und diese hier riechen wirklich gut. So intensiv wie meine momentane Situation. „Das Hörspiel der Kinder läuft sicher noch eine Stunde. Danke für die Blumen!" Marian holt ein Bier und wirft sich auf das Sofa. Er wirkt wirklich erledigt, sein Lebensentwurf ist sicher auch keine Cocktailparty am Strand. „Luise, ich verstehe, dass du deinen Traum leben willst. Ich verstehe, dass dich Nizza inspiriert hat. Wen inspiriert ein Ort am Meer nicht? Ich bin mir nur nicht sicher, ob das jetzt der richtige Zeitpunkt ist. Weißt du? Ich arbeite den ganzen Tag hart, ich bin ehrlich erschöpft und ich bin wirklich froh, dass alles so läuft wie es läuft. Um ehrlich zu sein, ich fürchte mich vor noch mehr Verantwortung und Veränderung."

Ich hole tief Luft, mir ist klar, dass das jetzt mein Part ist, ihm eine Vision zu zeichnen. Ich nehme seine Hand. „Schau, ich verstehe dich. Es macht auch mir Angst, weil es so gerade für alle bequem ist, aber ich will nicht, dass mein Leben bequem ist. Ich möchte das Leben auskosten. Ich habe eine konkrete Vorstellung. Es ist nicht so ein Gefühl, wo ich sage, ich möchte etwas verändern, aber ich weiß noch nicht genau, in welche Richtung. Ich sehe das alles ganz klar vor mir. Ich habe mir auch Hilfe geholt. Frau Hofmann und Carmen werden mir helfen. Für dich macht es nicht wirklich einen Unterschied, wo und wie ich meine Arbeitsstunden verbringe. Ganz ehrlich, ich verdiene jetzt nicht so viel, dass man sagen kann, so viel wird Luise niemals mit ihrem Laden verdienen. Lass es mich versuchen. Lass mich meinen Weg finden. Ich bitte dich darum. Wenn es nicht funktionieren sollte, dann suche ich mir selbstverständlich wieder einen Job in einem PR-Büro. Ich verstehe deine Sorgen, aber bitte vertraue mir." Marian nimmt einen großen Schluck Bier. Ich schätze mal, er möchte seine Ängste damit ertränken. „Glaubst du, ich habe keine Träume? Mir macht es Spaß, mir ständig alle Details von gescheiterten Ehen anzuhören? Aber ich tue es, weil ich uns einen Rahmen bieten möchte, der uns ein schönes Leben ermöglicht." „Hör doch auf! Du lebst doch für deinen Job. Es macht dich doch glücklich, der große Player zu sein. Das kaufe ich dir jetzt wirklich nicht ab." Marian wird etwas lauter. „Ich will nicht wieder mit dir streiten. Du willst das durchziehen, das merke ich. Dann tu es! Aber ich wollte dir damit nur sagen, dass ich auch meine Wünsche hintenanstelle." „Da bist du aber selbst schuld. Ich würde das niemals von dir verlangen. Du hast mir nie von deinem Traum erzählt. Was ist denn dein Traum?" „Es ist kein Traum. Es ist ein Ziel." „Gut. Was ist bitte dein Ziel?" „Ich möchte Partner in der Kanzlei werden, aber ich muss dann noch mehr arbeiten. Wenn es gut läuft, kann ich mit 60 Jahren in Pension gehen und mit dir in Nizza abhängen." „Das könnten wir aber jetzt auch schon. Auch in Nizza gibt es Scheidungen. Darauf wette ich." Marian nimmt mich in den Arm, ich versinke in ihm. „Luise, wenn du das wirklich durchziehen willst, dann schaffen wir das. Und wer weiß, vielleicht läuft dein Laden ja so gut, dass wir uns irgendwann ein Haus am Strand ohne Bademeister leisten können." „Das ist die falsche Motivation, aber ich bin ehrlich überrascht, dass du nicht bis zum Ende deiner Tage in einer Kanzlei abhängen möchtest. Vielleicht lernst du ja noch etwas von mir!" „Gut möglich. Wann sagst du es deinem Chef?" „Wenn ich genug Mut habe. Hoffentlich schon morgen. So, ich hole jetzt die Kinder vom Hörspiel. Legst du sie heute ins Bett? Dann kann ich über das Gespräch mit Klaus nachdenken." Marian steht auf. „Das fängt ja gut an." „Willst du schon früher an den Strand? Dann hopp hopp." Ich hole einen Bleistift und einen Block, ich versuche, das passende Wording für Klaus zu finden. Doch ganz so einfach ist das gar nicht, er wird sicher nicht begeistert sein, auch wenn ich nicht mehr seine Mitarbeiterin bin. Eigentlich kann er froh sein, dass er mich los ist. Wirklich, genau so muss ich es ihm verkaufen. Klaus, sei froh, dass Luise Winter nicht mehr da ist. Das bedeutet mehr Output bei der Zahnpasta.

Luise reloaded

Mein Wecker läutet. Ich habe echt schlecht geschlafen, in meinem Kopf sind allerhand mögliche Formulierungen Karussell gefahren. Und auch wenn ich jetzt nicht die passenden Sätze für meinen Chef parat habe, ich werde es heute tun. Heute ist der Tag. Ich drücke auf den Knopf der Kaffeemaschine. Der Lärm übertönt meine Zweifel. Nein, heute keine Zweifel, keine Frage, ob der Mut da ist. Marian kommt in die Küche, er küsst mich auf den Hals. „Hast du gut geschlafen?" „Bombastisch! Ich fühle mich so als hätte mich ein Lkw überfahren." „Wieso das?" „Marian, du wirst dich gleich so ähnlich fühlen, wenn dir nicht sofort einfällt, warum das so sein könnte." Marian holt eine Tasse aus dem Küchenschrank und macht sich einen Kaffee. „Deine Kündigung. Hast du dir überlegt, was du sagen willst?" Ich trinke einen Schluck Kaffee. „Überlegt schon, aber irgendwie finde ich die richtige Formulierung nicht, damit ich mich nicht schlecht fühle. Ich möchte ihm nicht den Eindruck vermitteln, dass ich ihn im Stich lasse." „Um ehrlich zu sein, lässt du ihn im Stich. Er muss sich nach so vielen Jahren eine neue Mitarbeiterin suchen." „Für ihn ist das nicht die schlechteste Entwicklung. Das kannst du mir glauben. Ich muss mich herrichten. Mein letzter Arbeitstag soll glamourös enden." Marian schaut mich irritiert an. „Was meinst du damit? Der ist sicher nicht froh, wenn er dich verliert." Ich möchte ihm das jetzt wirklich nicht erklären, dass ich theoretisch schon die halbe Welt am Hometrainer geschafft habe. Ich bin mir nicht sicher, wie er diese kleine Story auffassen würde, aber ich will es auch nicht ganz so genau wissen, wenn ich ehrlich bin.

Ich gehe in das Schlafzimmer und öffne den Kasten. Ich nehme ein rotes Kleid in die Hand, es hat einen weiten Ausschnitt und einen weiten Rock. Genau richtig für heute, genau richtig für meinen Weitblick. So ein Kleid würde jede Abschiedsszene einer romantischen Hollywood-Tragödie schmücken. Und bisher war mein Arbeitsleben eine Tragödie. Ich gehe ins Badezimmer und springe in die Dusche. Ich weiß, ich bin eine Dramaqueen mit Seifenschaum. Ich steige aus der Dusche, putze meine Zähne und ziehe das Kleid an. Irgendwie fühle ich mich darin lebenslustig und frei. Beim Make-up entscheide ich mich für die dezente Version. Fabian kommt ins Badezimmer und kuschelt sich in mein Kleid. „Mein kleiner Liebling, zerknittere deine Mama nicht." Fabian wischt seinen Rotz darin ab. Von frei ist keine Rede mehr. Ich rufe nach Marian. „Kannst du dich bitte heute um die Kinder kümmern! Ich muss los, ich muss zu Klaus!" „Dieser Bademeister, Klaus. Dauernd irgendwelche Männer. Geh schon! Ich bin Meister in der Disziplin Kinder-Anziehen." „Das ist mir neu. Danke, Schatz!" „Alles Gute! Du schaffst das! Wenn ich später von hier wegkomme, dann komme ich auch später heim. Die Rechnung ist einfach." „Jaja, ist gut. Ich muss los!" Ich ziehe meine High Heels an und renne los. Keine gute Idee. Ich knicke um und ein Stöckel bricht ab. Manchmal überholt man sich eben selbst. Ich stolpere in mein neues Leben. Ich ziehe die Schuhe aus und gehe in das Haus zurück. Leise schleiche ich ins Vorzimmer, damit mich ja keiner hört und hole neue High Heels aus dem Kasten. Ich schlüpfe nicht hinein, ich trage sie bis vor die Haustür und ziehe sie dort an. Langsam gehe ich zum Auto und steige ein, hier kann ich Gas geben.

Ich kann mich kaum auf den Verkehr konzentrieren, ich muss mich auf meine Kündigung vorbereiten. Irgendwann wird doch ein passender Satz dabei sein. Ein Hupgeräusch reißt mich aus den Gedanken. „Hey, passen sie doch auf!" Ein älterer Herr zeigt mir den Vogel. Ich bin mir ziemlich sicher, dass diese Verhaltensauffälligkeit im Straßenverkehr auf mein Konto geht, aber trotzdem lasse ich mir nicht den Vogel zeigen. „Was haben Sie für ein Problem?" „Dass Sie ein Auto lenken dürfen! Sie haben die Spur gewechselt und mich geschnitten." Okay gut, ich bin total neben der Spur, das geht wirklich auf mein Konto. „Ich war in Gedanken. Wissen Sie, ich kündige heute meinen Job!" „Waren Sie Fahrlehrerin? Dann ist das eine gute Entscheidung!" Ich steige aufs Gas und versuche diesen Kerl abzuhängen. Ich habe es laut ausgesprochen, ich habe es einem wildfremden Kerl erzählt, dass ich kündige.

Ein letztes Mal biege ich auf den Firmenparkplatz, ein leichter Hauch von Nostalgie kommt auf. Ich habe noch nicht einmal meine Tasche abgestellt, da winkt mich Klaus schon zu sich ins Büro. „Luise, ich bin überrascht, dass du da wieder einmal da bist, mit dir rechne ich schon gar nicht mehr, aber das trifft sich gut. Ich glaube, wir müssen reden. Ich denke, es ist an der Zeit, etwas zu verändern. Ich habe das Gefühl, du interessiert dich nicht mehr wirklich für diesen Job. Ich warte seit Tagen auf dein ausgefeiltes Konzept und das ist ja nicht das erste Mal. Versteh mich nicht falsch, du arbeitest ja nicht schlecht, wenn du arbeitest, aber du arbeitest viel zu selten, das ist das Problem." Ich setzte mich hin und schlage die Beine übereinander. „Klaus, was soll ich sagen, du bemerkst es, das ist offensichtlich. Dieser Job macht mir einfach keinen Spaß mehr. Es tut mir wirklich leid, aber ich möchte etwas Neues anfangen. Nimm es nicht persönlich. Okay?" „Du willst mich verlassen? Jetzt, wo wir diese große Zahnpasta-Kampagne am Hals haben? Nach so vielen Jahren willst du gehen? Ich habe schon bemerkt, dass du dich nicht mehr rasend für diesen Job interessiert, aber dass du alles hinwirfst, das überrascht mich jetzt schon." „Überrascht dich das wirklich?" „Irgendwie ja, irgendwie nein. Was willst du denn machen? „Ich möchte einen kleinen Laden eröffnen, ich möchte Erinnerungsstücke aus anderen Ländern sammeln und sie verkaufen. Ich möchte meinem eigenen Rhythmus folgen. Etwas für mich tun. Nur für mich! Weißt du, nicht immer nur für andere. Kannst du das verstehen?" „Jaja, das klingt alles schon logisch, aber ich kann dich nicht gehen lassen. Woher soll ich so schnell eine neue Mitarbeiterin herkriegen? Wie stellst du dir das vor?" „Ich könnte auch eine Auszeit nehmen? Drei Monate? Vielleicht komme ich ja drauf, dass es doch nicht die beste Idee war ohne für Zahnpasta & Co zu leben." „Wie stellst du dir das vor? Ich habe keine riesengroße Firma, ich habe eine kleine Agentur. Das geht beim besten Willen nicht." „Dann werde ich mich von dir trennen müssen, wenn du mir nicht diese Pause gönnst." Klaus schaut mich sprachlos an, ich bin geschockter als er, das kann er mir glauben. Das war nämlich alles andere als geplant. Klaus steht auf und geht auf mich zu. „Luise, überleg dir das nochmal. Ich biete dir hier einen sicheren Job. Wir sind nicht immer einer Meinung, aber wir sind ein eingespieltes Team. Wie soll ich denn jetzt wieder jemanden einlernen? Du bist schon seit 15 Jahren hier." „Eben. Nach diesen 15 Jahren könntest du mir mal drei Monate unbezahlten Urlaub gönnen." „Hast du eine Ehekrise, ein Burnout?" „Nein, komm schon. Gibst du mir jetzt frei?" „Warum ich das jetzt tue, weiß ich selbst nicht, du bist mir wohl schon zu sehr ans Herz gewachsen. Aber nur drei Monate. Du treibst mich damit in den Ruin. Das weißt du?" „Ich würde dich damit in den Ruin treiben, wenn ich weiter mit deinem Geld am Hometrainer sitzen würde." „Schön, dass du es endlich zugibst. Wahrscheinlich wäre es sogar besser, wenn du kündigst." „Soll ich doch gehen?" „Nein, bitte nicht! Nach drei Monaten bist du wieder da. Okay?" „Du musst meine Hometrainer-Runden jetzt drei Monate nicht bezahlen. Sieh das doch mal positiv. Soll ich meinen Schreibtisch abräumen?" „Nein! Du kommst ja hoffentlich wieder!" „Dann ist es ja gut. Du kannst meine Idee mit dem Zahnpasta-Prinzen nehmen, wenn du sie noch willst." „Ja klar, die war ja nicht schlecht. Kannst du vielleicht noch schnell Henry briefen, wenn du hier rausgehst. Er soll das übernehmen." „Das kann ich gerne machen. Und danke für alles!" Ich öffne die Glastür und stolziere hinaus, ich habe es wirklich getan, ich kann es noch nicht fassen. Luise Winter hat dieses Kapitel endlich beendet.

Ich gehe zu Henry und erzähle ihm die Neuigkeit. „Du hast was? Das gibt es doch nicht. Was wirst du jetzt tun?" „Einen Laden eröffnen. Das wollte ich schon immer." Ich zucke mit den Schultern. Realisiert habe ich das alles noch nicht. „Ach Süße, lass dich drücken. Wie unglaublich cool bist du eigentlich?" „Keine Sorge, ich lade dich trotzdem zur nächsten Geburtstagsparty ein. Denn wer trinkt sonst den Champagner?" „Ach dafür braucht es aber keine Party, den können wir jederzeit trinken." Ich umarme Henry. „Das werden wir! Versprochen!" „Ach Mäuschen, wie wird das nur ohne dich werden?" „Es sind doch nur drei Monate." Henry schaut mich streng an. „Sag mal, hältst du mich für blöd. Das kannst du vielleicht mit Klaus machen, aber mit mir nicht. Du kommst nicht mehr wieder. Dein Laden wird sensationell laufen bei deinem Gespür für alles." „Bitte verrate Klaus nichts davon, er ist mein Sicherheitsnetz. Okay?" Henry nickt und umarmt mich. Ich verlasse das Büro ohne auch nur einen Gegenstand mitzunehmen, mir fällt ein, dass ich vergessen habe, Henry zu briefen, aber was solls, Klaus wird ihm alles erzählen. Wenn Klaus wütend ist, was solls, ich gehe davon aus, dass ich in drei Monaten hier nur mehr meine Sachen packe. Ja, Luise Winter kann auch zuversichtlich sein. Ich werde das schaffen, das weiß ich, das geht gar nicht anders. Aber jetzt muss ich meine Kinder abholen.

Im Kindergarten entdecke ich Paula, sie isst gerade Jause, Fabian sitzt drei Stühle weiter. Ich deute ihnen, dass sie sitzenbleiben sollen und quetsche mich in die Mini-Bank am Gang. Nicht alles wird sich verändern, aber vieles. Meine Kinder kommen zu mir. „Mama, was machen wir heute?" „Wir gehen heute zu Frau Hofmann. Ich muss euch etwas zeigen." „Was denn, Mama?" „Das werdet ihr sehen. Zieht euch an!" „Mama, ich finde meinen Stiefel nicht!" Ich sehe ihn und strecke mich. „Ich habe ihn gleich! So, jetzt müssen wir aber los." Auf dem Weg bleiben wir noch bei der Bäckerei stehen, ich möchte Esmeralda einen Kuchen mitbringen, ich kaufe auch gleich einen Kaffee. Ab jetzt werde ich öfter bei ihr ab-

hängen." „Mama, warum fahren wir zu Frau Hofmann?"
„Das werdet ihr gleich sehen." Wir steigen aus und ich
läute an, Esmeralda öffnet die Tür und lächelt mich an.
„Sorry für den Überfall, aber ich wollte den Kindern die-
sen wahnsinnig schönen Keller zeigen." Paula schreit auf.
„Ein Keller? Da gehe ich sicher nicht rein, da passieren
doch die gruseligsten Dinge. Mama, weißt du das nicht?"
Ich habe nie gesagt, dass es leicht für mich wird, meinen
beruflichen Traum mit oder trotz Kindern umzusetzen.
„Wir essen jetzt den Kuchen im Keller, wir machen eine
Kellerparty. Was haltet ihr davon?" „Cool!" Ich schaue
Esmeralda an und flüstere eine Entschuldigung. „Kommt
rein! Mit dir, Luise, wird mir nie mehr fad." Ich muss
lachen. „Geteiltes Glück ist das schönste Glück. Achja,
weil wir gerade beim Teilen sind. Kinder, ihr bekommt
eurer Stück vom Kuchen." Esmeralda holt Teller aus dem
Kasten. „Soll ich einen Kaffee machen?" „Ja gerne, ich
habe Kaffeepulver mitgebracht, ich möchte dir nicht alles
wegtrinken." Diplomatie ist mein zweiter Vorname. „Das
ist aber sehr aufmerksam von dir, aber das ist wirklich
kein Problem." „Ein Problem ist es eh nicht wirklich, aber
ich werde wohl auf die nächsten Jahre gerechnet 20.768
Tassen Kaffee bei dir trinken, wenn wir das gemeinsam
durchziehen." Wir gehen in den Keller, die Kinder sind
ganz aufgeregt und hoffen auf einen Vampir. Oder wenigstens ein Gespenst muss drinnen sein. „Mama, dieses ganze Zeug hier, warum steht das hier?" „Das wird
Mamas neuer Beruf." „Wie jetzt? Du arbeitest im Keller
und staubst altes Zeug ab?" „So könnte man es nennen."
Esmeralda lacht. „Kinder, kommt mal mit. Ich erzähle
euch, wie ich diese Vase gefunden habe und was ich dabei

erlebt habe." Die Kinder nehmen sich ein Stück Kuchen vom Teller und setzen sich zu Esmeralda. Ich beginne, das Zeug abzustauben. Ich höre Cool und Mega, meine Kinder finden Gefallen an dem Zeug. Morgen, wenn sie im Kindergarten sind, werde ich das alles hier sortieren und abfotografieren. Ein bisschen mulmig ist mir, das gebe ich zu, ich hoffe, ich kriege das alles wirklich so hin. Ich nehme mein Handy, mache ein Selfie von mir vor den Vasen und schicke es Remi. „Ich habe es getan. Schneller als ich es selbst von mir erwartet hätte. Ich habe mich selbst überholt. Jetzt hoffe ich, dass ich mich nicht auf der Überholspur überschlage. Danke für alles." Meine Finger zittern richtig als ich noch eine Nachricht an Carmen verfasse. „Luise reloaded. Ich habe es getan! Kommst du vorbei? Wenn die Kinder schlafen."

Einmal Nizza und zurück

Carmen steht mit einer Flasche Champagner vor der Tür. Ich falle ihr um den Hals, es tut so gut, eine Freundin zu sehen, die alles von einem kennt. Mehr als einem manchmal lieb ist. Mir kullern die Tränen über die Wangen, aus Erleichterung, vor Verzweiflung, aus Angst oder aus Dankbarkeit. Ich weiß es nicht. Ich weiß nur, dass ich ein Taschentuch brauche, wenn ich nicht möchte, dass meine Socken nass werden. „Was ist mit dir? Was ist das schon wieder für ein Gefühlsausbruch?" „Mir geht es gut. Sehr gut sogar." „Danach sieht es aber nicht aus! Du solltest dich freuen, dass du so genial bist und nicht nur redest, sondern auch wirklich deine Pläne umsetzt. Ich feiere dich!" „Danke, du bist echt süß. Ich kann nur hoffen, dass auch wirklich alles gut geht. Du weißt, ich baue auf deine Hilfe!" Erst jetzt bemerke ich, dass neben Carmen ein junger Mann steht. „Wer ist das?" Carmen nimmt seine Hand. „Ich wollte dir meinen Freund vorstellen. Ich hoffe, es ist in Ordnung, dass ich ihn spontan mitgebracht habe." Am liebsten würde ich laut losschreien, vor Begeisterung und Verwunderung, aber ich möchte Carmen nicht in Verlegenheit bringen. Ein Lob auf mein Feingefühl. Wirklich. Ich spüre wie mir der Rotz aus der Nase rinnt, ich suche nach einem Taschentuch und höre ein „Hi! Ich habe eines." Ich nehme es aus seiner Hand und bedanke mich. „Du bist der Typ aus der Bar?" „Wenn man mich auf das reduzieren will, dann ja. Ich heiße Tom." „Luise. Schön, dich kennenzulernen. Ich habe schon einiges von dir gehört. Aber warum hat mir Carmen nicht erzählt, dass ihr jetzt in einer Beziehung seid? Kann ich euch einen

Kaffee anbieten, ein Glas Wein?" Carmen hält die Flasche hoch. „Was genau halte ich hier in meinen Händen? Du warst so mit dir selbst beschäftigt, dass ich dich jetzt echt nicht mit meiner Sache hier aufhalten wollte. Also, lasst uns auf das Leben trinken." „Gut, ich hole Gläser!" Marian sperrt die Haustür auf und kommt ins Vorzimmer. „Oh, wir haben Besuch! Carmen, dich habe ich ja ewig nicht gesehen." „Das letzte Mal in Paris. Nein, Scherz. Unsere Luise feiert. Da darf ich natürlich nicht fehlen."

Marian kommt zu mir und streicht mir über den Rücken. „Wie ist es gelaufen?" „Champagnermäßig!" „Bekomme ich etwas mehr Informationen?" „Ich habe mit Klaus geredet, er wollte meine Kündigung nicht annehmen, obwohl ich ehrlich nicht weiß, warum er das nicht will. Deswegen haben wir uns auf drei Monate unbezahlten Urlaub geeinigt. Sollte es nicht klappen, was ich nicht glaube, kann ich wieder zurück. Also ich habe keinen Stress, keinen Druck. Und die drei Monate kann ich mir gut leisten, das geht sich aus. Mehr dann aber nicht mehr, dann muss ich was verdienen. Na, was sagst du?" Marian holt ein Glas aus dem Schrank. „Das ist meine Luise. Kaum geht man einmal mit ihr Mittagessen, dreht sich gleich das ganze Leben um. Aber gut gemacht, muss ich schon sagen. Drei Monate Urlaub, um etwas Neues auszuprobieren, das hast du großartig verhandelt. Kaum zu glauben, dass dein Chef da zugestimmt hat. Dein Charme wickelt wohl jeden um den Finger." „Henry übernimmt in dieser Zeit meine Kampagnen, aber ich befürchte, er weiß es noch nicht, ich habe nämlich vergessen, es ihm zu sagen. Ich denke, wir sollten ihn zu dieser kleinen spontanen Feier einladen. Ich rufe ihn an."

Ich hole mein Handy und wähle die Nummer von Henry. „Na aber sicher, für Champagner und eine kleine Party bin ich immer zu haben." Henry ist gleich da, Esmeralda rufe ich auch noch an. Marian schaut zum Sofa. „Darf ich fragen, wer dieser junge Mann hier ist? Das ist doch nicht etwa dieser Bademeister?" Ich muss lachen, Carmen setzt sich zu Tom. „Das ist der Bademeister!" Carmen lacht laut los, ich stimme mit ein. „Marian, das ist der neue Freund von Carmen." Carmen unterbricht mich. „Das ist nicht der neue Freund, das ist der Freund von Carmen." Marian kann seine Überraschung nicht verbergen. „Nein, das ist aber nicht wahr." „Doch! Auch ich kann mich verlieben. Länger als 24 Stunden wie man sieht." Marian lässt sich auf das Sofa fallen. „Kann ich bitte ein Glas Champagner haben. Bis an den Rand gefüllt." Ich ziehe Carmen auf die Seite und flüstere ihr ihn das Ohr. „Das hättest du mir aber echt sagen können, dass du jetzt eine Beziehung hast. Ich meine, ich bin mir jetzt nicht mehr ganz sicher, war der Typ nicht kurz wieder Geschichte? Und jetzt ist er dein neuer Freund?" Carmen kuschelt sich an mich. „Ach Schätzchen, du warst so durch den Wind, ich kann dich jetzt nicht auch noch mit meinen Sachen zutexten. Jahrelang hast du mir bei all meinen Männergeschichten zugehört, jetzt warst du dran. Marian und du, ihr hattest es in letzter Zeit auch nicht einfach. Ihr musstet euch wieder finden, das ist euch auch wirklich gelungen. Aber da hätte ich dich auch noch mit meinen Geschichten belasten sollen?" Ich schmolle. „Naja, jahrelang habe ich dir zugehört, konnte mir die Namen und Zusammenhänge nicht mehr merken, ich wäre jetzt schon gerne beim Happy End dabei gewesen." „Wenn ich dir beim Laden helfe, dann haben wir genug Zeit, all das zu analysieren. Ich verspreche dir, wir haben viel zu besprechen, denn in Wahrheit weiß ich immer noch nicht, warum es ausgerechnet er sein muss, mit dem ich das jetzt so richtig versuche. Naja, einen kleinen Hinweis gibt es, er ist echt gut im Bett. Woran hast du erkannt, dass Marian deine große Liebe ist." „Nach der ersten Begegnung konnte ich keinen klaren Gedanken mehr fassen." Carmen nimmt einen Schluck. „Das konntest du schon davor nicht."

Es läutet an der Tür, Esmeralda ist da. Ich hole ein Glas Champagner für sie und schenke auch gleich für Henry ein, der wird sicher gleich da sein. So ist es auch, fünf Minuten später läutet es erneut. „Schätzchen, wenn es Champagner gibt, bin ich sofort zur Stelle. Eine spontane Party, ich liebe so etwas! Mäuschen, erzähl mal, wie kam es dazu, dass du deinen Job jetzt so plötzlich aufgegeben hast." Ich stoße mit Henry an. „Ich würde sagen, es war einmal Nizza und zurück." Ich reiche Henry das Glas. „Manchmal trifft man Menschen, die plötzlich alles in einem anderen Licht erscheinen lassen, die dir Ratschläge geben, auf die du nie gekommen wärst, weil du in deinem eigenen Sumpf steckst. Wenn du so einen Menschen begegnest, dann bist du bereit dafür. Bereit für neue Eindrücke. Bei mir war es eine wunderbare Begegnung am Strand, die mir gezeigt hat, dass ich nicht den Kopf in den Sand stecken soll, wenn es um meine Träume geht." Henry erhebt das Glas. „Mutig, mutig, aber auf jeden Fall fantastisch. Wenn ich mal in deinem Laden aushelfen soll, dann lass es mich wissen." Ich stoße mit allen an. „Danke, dass ihr mich mit so viel Unterstützung mutiger macht. Wenn ich eines gelernt habe, wenn man über seine Träume spricht, dann trifft man auch Menschen, die sich für diese Idee ebenfalls begeistern können. Wir werden jetzt Remi per Facetime anrufen."

Es dauert ein bisschen, aber bald taucht sein Gesicht am Handy auf. Es ist so schön, ihn wieder zu sehen. Er wirkt so vertraut, obwohl ich ihn lächerliche drei Tage getroffen habe. „Hallo?" Fünf Gesichter drücken sich ins Handy. „Hallo, ich wollte dir nur sagen, was hier los ist. Wir feiern gerade meinen Abschied, meinen Neubeginn und dich!" „Du hast wieder einmal Glück, dass du mich erwischt hast. Morgen in der Früh steige ich auf das Segelboot, dann bin ich wochenlang nicht erreichbar. Ich finde das großartig! Du hast nichts zu verlieren, das weißt du. Ja? Du wirst deinen Weg gehen!" „Ja, das weiß ich. Erzähl kurz, wie es so läuft, wenn du allein am Segelboot bist und das Meer eroberst?" „Es ist besser als ich es mir vorgestellt habe. Ich liebe es, mein eigenes Ding durchzuziehen. Ich kann meinem Rhythmus folgen, ich muss tagelang nicht reden, wenn ich das möchte, kann nur meinen eigenen Gedanken nachhängen. Du, Luise, ich finde es wunderbar, dass du deine Chance nützt. Wer von euch ist Marian?" Marian winkt in das Handy. „Das bin ich." „Schön, dich zu sehen." Marian nickt. Ich spüre, dass das jetzt ein guter Zeitpunkt ist, das Handy abzudrehen. „Remi, pass gut auf dich auf! Danke für alles!" „Bis bald, ich melde mich wieder. Ich will ja wissen, wie alles läuft." Ich lege auf und atme tief aus. Seine Stimme zu hören, das war jetzt gewaltig, diese Ruhe, die er sogar durch ein Handy transportiert, ich könnte mich daran gewöhnen.

Ich schaue in die Runde, erwartungsvoll betrachte ich die Gesichter um mich herum. Ich möchte herausfinden, ob sich irgendwer was denkt, egal was, aber ich habe nicht den Eindruck. Traut hier keiner Luise Winter zu, dass sie sich verlieben könnte? Offenbar nicht. Aber es stimmt ja auch, es ist genau nix in der Herzgegend passiert, dafür ganz viel im Rest von mir. Ich nehme mal an, dass keiner hier in diesem Raum so wirklich versteht, was er in mir bewirkt hat. Carmen trinkt einen Schluck Champagner. „Ich muss schon sagen, dieser Bademeister sieht richtig gut aus." Ich kann Carmen da nicht widersprechen, vermutlich ist das auch Marian aufgefallen. Aber was solls, der Kerl ist irgendwo im Nirgendwo auf einem Segelschiff. Ich gehe zu Marian und drücke ihm einen Kuss auf, er zieht mich fest zu sich. „Es ist ja gut und schön, dass dieser Kerl jetzt dein neuer bester Freund ist. Und er vor allem irgendwo da draußen unterwegs ist, aber das eines klar ist. Dieses Stück hier heißt Luise und Marian." Henry geht zur Stereoanlage und dreht die Musik auf. „Wir feiern bis die Polizei kommt!" Er reicht Esmeralda die Hand und dreht sie im Kreis. „Ich tanze hier die ärgsten Moves, die Musik ist auf Anschlag. Kommen die heute noch?" Ich beobachte Henry, sein Tanzstil hat Charme mit einer persönlichen Note. Henry brüllt in die Runde. „Wer ruft jetzt die Polizei? Ein Hoch auf die Nachbarschaft!" Esmeralda dreht sich um Henry herum. „Ich weiß, wer damals die Polizei gerufen hat." Ich reiße die Augen auf. „Wer?" „Der Nachbar schräg gegenüber, Herr Maier. Der mit dem schwarzen Hund." „Gut, der mag die Welt nicht. Und uns schon gar nicht. Die Kinder sind ihm zu laut. Dreh die Stereoanlage auf, wir können noch eines drauflegen. Der kann was erleben." Henry dreht die Stereoanlage voll auf und legt seine Hände auf Esmeraldas Hüften. Es sieht ein bisschen komisch aus, aber er ist auf jeden Fall mit viel Leidenschaft dabei. Carmen kuschelt sich an Tom und flüstert mir zu. „Es fühlt sich so gut an, wenn man endlich angekommen ist." Ich lächle sie an und reiche Marian die Hände, wir tanzen eine Runde durch das Wohnzimmer. Marian küsst mich und zieht mich zu sich. „Einmal Nizza und zurück. Und schon ist unser Leben ein anderes. Ich bin stolz auf dich, Luise Winter." Ich schmiege mich an ihn und flüstere ihm ins Ohr. „Wenn die alle weg sind, dann planen wir für Nizza unser Haus am Strand. Ohne Bademeister."